KB061620

고백록

1판 1쇄 발행 2022년 3월 21일

지은이 박금연

편집 홍새솔 **마케팅** 박가영 **총괄** 신선미

펴낸곳 하움출판사 **펴낸이** 문현광
주소 전라북도 군산시 수송로 315 하움출판사

이메일 haum1000@naver.com **홈페이지** haum.kr
블로그 blog.naver.com/haum1007 **인스타** @haum1000

ISBN 979-11-6440-950-1 (03810)

박금연
지음

고
백
록

○
목
차

○
서
론

      이 글들을 구성하면서, 나의 존재와 삶의 의미에 대해 많이 물었다.

그동안 나는 너무나 많은 질문과 괴로움을 안고 살아왔다. 음·양·겉·속이 조화로워야 생성을 말할 수 있고 평온을 유지하고 치유가 이루어지는데 속에서 불러일으키는 질투와 미움은 곧장 어느 한 사람의 기준과도 부응하여 평등성과 공정성을 말할 수 없는 한계에 이르게 한다는 것을 발견하였다. 나의 두려움은 깊게 다루면서 삶의 안정과 목적지를 되찾아가기 위해 노력과 성실을 바탕으로 임하는 자세를 배웠다. 심리란 누군가 부여한 일종의 도구라 비유하고 판단 내릴 수 있다.

(내가 글을 도구로 삼아 저항하듯, 가끔 그런 정신세계와 사실들이 나의 가슴을 무찌를지라도…)

나는 어떠한 유전 요인이나 선천적으로 타고난 실력이 부족하여 오로지 인내만으로 하늘에게서 가져간 복을 돌려받기 위해 후천적인 노력을 길들일 수밖에 없었다. 그러나 아픔과 내면의 소리를 외면하기보다 직시하는 편이 낫다는 것을 알게 된 것은 목적을 통하여 두려움이 내재되어 있다는 사실을 깨달은 순간부터였다. 그러면서 글이 내게 갖는 진정한 의미를 찾고 싶었다. 남자를 선택하는 일도 쉽게 이루어질 수 없는 것처럼 정체성이나 배경의 결핍을 나라 또는 이웃, 조상을 핑계로 현실에 처해 있는 것은 결코 용납할 수 없다고 생각했다. 비참해도 나의 하루, 고단한 삶이어도 그냥 그저 그런 하루, 암담한 현실이라고 해도 만족할 수밖에 없는 고마운 生, 그게 진정 내 삶의 의미를 깨닫는 일이었다.

사랑하는 사람과 친애하는 독자들이여:

소통이 아니라 대화를 많이 하라고 권유하고 싶었다. 외부 침입이 적이 우리 사이를 해방하지 못하도록 연대는 꼼꼼하고 긴밀해져야 하기 때문이었다. 시도를 통해 몽매함을 퇴치하고 악을 물리치는 일이 곧 자신에게도 도움이 되어 이 같은 場과 시간이 아니어도 행복을 되찾아 준다. 이는 대화를 통해 알아볼 수 있는 것이 있다. 말할 수 없는 현상이나 해명할 수 없는 것도 이해를 받을 수 있는 하나의 방법이 되지만 결코 원리를 배반하여서는 안 된다고 전하고 싶

않다. 언어는 본래 그런 것은 아니지만 많은 전하는 대로 공감이 되거나 사실과 같거나 하지 않기에 끊임없이 상대를 알아가기 위해 노력하고 모두가 같거나 공통으로 적용되는 것으로 삼아야 한다. 존재를 말하지 말라고 조언을 해 주고 싶은 인재들이 있다. 내가 존재하기 위해 무릅쓰고 있는 것들이 일반 시민에게 동등하게 주어져도 되는지의 여부를 떠나서 떨어지는 말아야 한 것들은 그대로 보여서는 안 되기 때문이다. 존재가 되려고 가지는 사람만큼 악한 것은 없고 그 것을 오위하려고 하는 악질적인 사람만큼은 허용되지 말아야 하고 또한 그와 같아서는 안 된다고 전하고 싶었다. 고귀한 사랑과 순결만이 고상한 품격을 낳는다는 점을 같이 새기어 오위와 존재 사이의 나를 찾으려고 헤매지 말라는 조언을 나의 글을 통하여 전하고 싶었다.

PART 1

마음

 # 마음은 마음이 생각하는 대상을 반영합니다.

내가 사랑하는 님은 생각보다 그리 멀리에 있지 않습니다.

거리와 외부적인 요소에 의존하면 아무리 가까워도 먼 사이인 것입니다.

현실과 이상은 삶에 얽매이지 않고 생활 속에서도 절제하는 지혜로운 법을 익히게 도와주지만 만족은 가져다줄 수 없습니다.

마음이 원하는 것이 무엇인지 제대로 알기에는 인생은 너무나 짧습니다.

마음이 향하는 곳에 머물러 있거나 다가간다면,
정작 어디로 가야 하는지를 알 수 없습니다.

인간은 영적인 동물입니다.

삶과 죽음은 하나의 통로로 연결되어 있습니다.
하지만 죽음은 아무도 예측할 수 없고 좋은 삶이라 해도 결코 어떤
죽음을 斷言할 수는 없습니다.

그래서 사람은 깨우쳐야만 합니다.
깨우침 속에 절제가 있고 생활이 이루어집니다.

잃어버린 시간은 돌아오지 않습니다. 오직 깨달은 자가 되돌아올
때 비로소 고쳐집니다.

낭비되는 시간을 헛되이 보내며 이상과 평온을 추구하지 마십시오!

죽음은 하나의 통로에서 자신을 발견하게 하고 기회를 가져다줍니
다.

그때만이 인간은 육체의 비밀을 깨닫고 영혼의 구원을 신에게 빌어
봅니다.

그렇게 영속하는 삶은 의미가 없습니다.

마음이 반영하는 대상은 주위에 에너지를 저장하고 불행한 생각은 주변의 상황을 악화시킵니다.

가까이에 있어도 이루기 어려운 것이 마음입니다.
마음은 소원을 성취한 이후에도 만족하는 상태가 되기 위해 노력하여야 합니다.

불만과 현실 상황은 이상으로 향하게 하는 하나의 수행 도구로 작용하지만 모든 걸 완벽히 갖추고 이루고 삶을 살 수는 없습니다.

삶의 의미를 깨닫고 마음 깊이 들여다보고 수행했을 때만 평온함을 느낄 수 있습니다.

악은 마음의 대상입니다.

어렵고 힘들다고 믿음을 잃어버려서는 안 됩니다!!
어둠 속에서 불을 밝히는 등불처럼 깨달음을 얻고 천천히 걸으며 희망을 잃지 않기를……

○

자아와 생

生과 삶의 의미

나에게 제일 큰 상처가 되었던 것은 관계의 시작인 출발에 의해서였다. 원초적이고 근원이 되는 공감이 깨지면서 관계에서 어려움을 겪게 되었다. 어린아이는 천사가 자기 얼굴을 만지는 걸 망각하지 않게 되면 삶에서 어려움을 겪는다고 한다. 그렇듯 나는 이 과정을 잊지 못하고 깊은 의식 속에 잠재운 채, 언제 튀어나올지 모르는 자아와 감정을 다스려 실제 의식을 들여다보는 것도 거부했기에 감정 면에서의 목소리로는 어린아이의 모습이 섞여 있기도 했다.

이런 나에 비추어 보면, 위로보다는 까발려진 사람들의 품격을 보게 되었고 그 속에 다른 나는 사람들이 느끼는 것으로 나의 아픈 상처를 외부 조건으로부터 하나씩 파고들었다. 여자로 태어나면 한 번씩 꾼다는 '신데렐라의 꿈'에 비유한다면 주인공이 되고 싶은 욕구와 마음에 무엇을 찾아서 해 보려고 하지만 실상 그렇지 않은 현실로 낙심하고 의식 안에 부재한 긍정의 힘 그리고 그에 저항하는 존재들의 힘 때문에 한동안 타인들의 시선과 말에 분리되지 않아 힘들어하고는 했다.

그리고 이 과정 속에 깨닫지 못하여 오랫동안 이 문제를 껴안고 살아야만 했다. 의식 속 내가 원하는 이상적인 모습과 삶, 즉 그런 내가 되고 싶어졌다. 그런 특별함을 만들고 싶은 욕망 때문에 유사한 사람을 만나거든 애써 분간하고 분리하려 했다.

그러다 과연 내가 이루고 싶고 하고 싶은 것들을 찾아서 해 보고, 하고 싶은 사랑을 이루어 가고 있는지 의문이 들게 되었다. 가끔은 가족이든 하고 있는 일이든 세상에서 벗어나고 싶은 욕망이 일 때도 있었다. 세상이 낳은 부조리나 악과 같은 경쟁 심리 등 사회가 말하는 것을 불합리하다고 느껴도 지켜야 하는 것들은 가족 간에도 존재했지만 정작 '나'라는 존재를 부여할 곳을 차마 찾아볼 수 없었다. 이게 마음이라고 해야 할까?

나는 이용당하면서도 지나친 낙관으로 환각 세계에서 벗어나지 못했었다. (세상은 눈으로 듣고 보고 배우지만, 삶은 일어나는 과정 속 현상에 의해 학습하고 훈련된다.) 타인들의 말이나 편견 따위 때문에 '착한' 내가 되고자 자아 상실 콤플렉스를 앓고도, 어떤 의미나

가치를 느끼지 못하는 무기력증을 겪게 되었다. 조금 늦추어진 삶의 속도와 자아 성장이지만, 이전에 느꼈던 두려움과 같은 허황은 실제 믿는 것과 현상 속 학습이나 배운 것으로 바라는 향후 미래에 조금씩 가까워지려고 하고 있다.

이젠 더 이상 지난 상처와 사람들 때문에 자신을 아픔 속에 가두지 않기로 스스로와 약속했다!

○ 제3의 분류

　惡함은 단계적으로 이루어진다. 내적인 악, 즉 화로부터 시작된 악함은 선과 악의 中庸을 벗어나 극단의 단계에 이르러 최고점에 이르게 한다.

이때 이성은 자아의 수용 범위에서 벗어나 감성이 행동을 지배하는 단계에 이르러 폭력이 방출되기도 한다.

이것은 악의 시작이다.

나 스스로가 그것을 인식하고 이성을 회복하여 잘못을 시인하면 크게 문제가 되지 않지만 자신의 화남을 알아차리지 못한다면 상대방을 통제하기 위해 수반되는 육체적·사상적 폭력이 그다음 단계에 이루어진다. 이 단계는 외부의 힘이 없이는 상호로 완화되기 어려운 단계일 뿐만 아니라 개인에게도 위험한 단계인데 이는 우리가 살면서 서로 영향을 주고받으면서 각자가 받는 것에 의해 제대로 보지 못하거나 그것이 전부라고 믿는 인간의 나약함 때문에 감성에

치우쳐 어떤 경우든 그것에 기울어져 있고 객관적 측량이 결여되어 中和와 화합되기 어렵다.

결국 이는 다시 한 개인에게 파편적으로 도달할 수 없는 경지에 이르게 한다.

여기서 조심해야 할 것은 외부의 힘이 상대적이냐 아니면 방관자로 제3의 분류를 낳는 것이냐 하는 것이다. 내재적인 악함으로 사건이 극단으로 벌어지기를 촉발하는 형, 이런 형은 개인의 감정으로 사건이 벌어지기를 그리고 혼란을 틈타 사회의 이익이나 내재적인 화풀이하는 것으로 잠재적으로 악을 만연하게 한다.

나아가 잘못을 시인하기보다 선과 악을 잣대질해 가며 악을 노출하는데 이는 상대적이라기보다는 극단적으로, 중재적이라기보다는 부채질로 끝나는 등…

그치지 않고 자신을, 惡 그 자체를 사회에 내세우기에 위험하면서도 가까이하지 말아야 할 존재이다. 늘 안테나를 높여 가도 실수를 저지를 수 있을 만큼 세상의 유혹은 그 정도를 지난다.

화를 멈추고 내가 바라는 대로 하려면 늘 자신을 살피는 일이 답인 듯하다. 초감각적인 자아, 긍정의 제3의 분류를 인식한다면 현 상태가 어떠하든 악함을 인지하고 그것으로부터 자신을 지킬 수 있어야 한다.

이처럼 제3의 분류는 양면성을 지닌다. 초자아는 내가 아니며 내가 가지고 있는 것, 그 이상의 힘을 가지고 있기 때문에 우리가 경계해야 할 것은 외부의 힘이나 환경이 아닌 바로 그러한 초자아의 힘에 탐닉되거나 정복되지 말아야 하는 것이다.

다만 행함은 저지름을 의미하고 본질과 의도가 앞서기 전에 패배자임을 인정하게 되는 셈이다.

泛하지 않기 위함이란 더욱 중요한 건 그러한 통제에서 벗어나 이상적 자유 의지로부터 나를 인식하고 확인하는 것이다.

○

목소리

 # 삶에서의 자유, 용서가 지름길이었다.

사람은 알몸으로 태어나 자신들이 익숙한 습관들로 행동하고 사고를 거치지 않고 실천으로 옮기기도 하며 꿈꾸는 이상으로 향한다.

본성은 순수하고 자유로운 몸이지만 사실상 구속의 대상에서 벗어나지 못하는 게 인간의 운명이다.

이를 부처님의 가르침대로 '因緣'이라고만 할 수 있는가.
그렇다면 과연 인간이라는 존재는 어디로 돌아가야 하는가 하는 질문처럼 나 자신에게도 하나의 숙제와 같은 것이었다.

가족 구성원과 분위기라는 것은 어떻게 형성 되는지의 과정보다 받아 들여야만 하는 약간의 의무성이라는 성질을 띄고 있다. 원하는 것을 어떠한 방식으로 고수하면서 얻어 내는지와 마찬가지로 사람들이 지닌 관습적인 특성과 악의 본성은 검은 피를 만들기도 한다.

사랑이 없으면 더 이상 남을 것이 없다는 말이 있다.

말할 수 없는 것에 기어코 수식어를 덧붙히는 고질병은 자칫 정신을 무분별하게 흩트려 놓기도 하고 전통과 질서를 어지럽히기도 한다.

여성이라는 것, 자세히 살펴보면 그것은 사회 낙인론 같은 보호 본능과 경계에서 성에 대한 편견에서 온다.

그러면서도 양과 음의 조화처럼 "이끌림" 대상 자체에는 힘의 원력이 존재하기도 한다.

그런 나의 존재를 알아가고 사랑한다는 건 꿈속에서 그리던 동화 같은 일이기도 하다.

모순되면서 자연스러운 것, 마치 알을 깨고 세상에 갓 태어난 새처럼…

단 하나의 사실이 이루기 어렵게 만들지만 그런 단 하나의 받아들이기 힘든 진실이 결국 사람을 크게 만든다.

또 다른 세상 속에서도 나란 사람의 본성은 바뀌지 않는 걸 발견했다.

PART 1   목소리

아픔, 통증, 고통, 무게는 어디서 왔는가. 새는 날개를 펼치기 전 자신의 존재부터 깨우쳐야 한다. 그때마다 이상과 현실 사이에서 생기는 저항 감정들과 익숙하지 않아 일어나는 불협화음은 끝내 아름다운 선율 같은 노랫소리로 바뀐다. 과정에서 느끼는 두려움의 정서와 불안감은 時機를 잊어서는 안 된다고 경고 메시지를 내보낸다.

사랑, 그 시작은 타고난 언어로 소통하면서 내게 맞는 짝뿐만 아니라 나를 되찾는 의미 있는 시간들이다. 인생의 나이와 삶의 시간보다 속마음에서 내보내는 소리가 삶의 의미를 깨닫게 해 주는 일이다.

서로에게 알맞은 코드로 소통하면서 맞추는 일이 아닌 비밀 속에 간직하는 일이야말로 서로가 소중히 여기고 아껴 주는 일이었다.

그건 오직 믿음과 지속된 의지만이 가능한 일이다.

표상과 실제만큼 인간의 두 얼굴은 각기 다른 면모를 지니고 있다.

내면의 여러 정념을 멈추고 멀리서 바라보는 것은 실제인 것처럼
감상하기에는 각기 다른 기준과 생각들로 가득 차여 있어 분간하기
어렵게 만든다.

따라서 굳이 이 간극을 메우지 않아도 된다.

당신의 코드는 무엇인가요?

$$\sum \therefore \propto \psi \; \varphi$$

○

逆點

어떠한 상황이 닥쳤을 때, 시선이나 평가 따위에 연연할 필요가 없다.

체온 변화에 따라 한 사람의 모습도 변한다. 사람은 물 같은 존재이기 때문이다.

물의 변화를 떠올려 본다면 외부 환경에 따라 상태만 다를 뿐이지 속성은 변함없이 H_2O 성분으로 구성되어 있다.

환경을 거슬러 인간이 지니고 있는 가장 큰 힘이 인생의 주체가 되고자 하는 의지라면 역점은 인생에 있어서 하나의 轉換點으로 작용할 수 있는 장점이 있다.

하지만 집着은 늘 이러한 본래 가지고 있는 장점을 가려 사람을 방황하게 만들어 어디로 가야 할지를 모르게 한다.

방법이 없고 심정이 막막할 때는 실제 상황 파악과 함께 자신이 속한 그 상황을 바라보는 관점이 중요하다.

그리고 잊어라…

아픔, 슬픔, 절망, 결말이 가져다주는 실망과 좌절까지도…

언제 그랬냐는 듯이…

반복된 생각으로 힘든 상황과 과거의 기억을 들추어 재차 고통을 받기 보다는…

또한, 상황 속 개인이 묻힌다는 생각이 들면 역추적해 보아라!

무엇보다 개인의 영역을 제대로 이해하지 못하면서 사회와 개인의 관념 사이 연결성과 차이를 파악하기란 어렵고 힘들 뿐만 아니라 사실상 이는 제로섬 게임이기 때문이다.

개인도 결국 사회에 귀속 되는 존재이기에 사회의 눈초리를 받을 때 피면하기 보다 어쩌면 헤쳐 나가는 용기가 필요하다!

알아 간다는 것은 상대에 대한 또 다른 공경이자 상대를 향한 겸손
이다.

잘못이나 모순됨을 고쳐 가는 것이 낫다는 생각이 들면서…

자연스레 그것을 원동력으로 작용하는 긍정적인 힘으로 활용가능
할 것이다.

상황에 휘말려서도 안 되지만 맞물림 동시에 매듭을 잘 짓기 위해
서라면…

사회 속 자신 또한 구성원이라는 것을 떠올려 본다면,
나 홀로 힘들어할 필요는 없음을 깨닫게 된다.

개인 하나로 보았을 때 전체 속에서는 먼지 같은 존재이기 때문
에…

결론은 하나, 역점이란 고난 앞에 숙이지 말고

인생의 轉換點으로 잘 활용하는 것.

모르기에 이성보다 감성이 먼저 튀어나오고

모르기에 판단에 오류의 빚음을

모르기에 마음과 동떨어진 실수를

모르기에 저해 요소를 방해물로

모르기에 저항하고 저지를 받기도

모르기에 상처받고

모르기에 스스로의 기회와 한계에

마침표를 찍기도 한다.

PART 2

○

고함

우리*는 우주 속에 공존한다. 우리가 배출한 가스와 숨 쉬어 내뿜는 이산화탄소의 질은 같은 공간 속 서로의 존재를 확인하는 고유한 사람의 것, 즉 냄새이다.

동시대의 역사 흐름은 자연스러운 태풍과 바람을 몰고 오기도 하지만 만유인력의 법칙에 따라 지구라는 성체 한 덩어리가 중력을 견디듯이 다른 장소와 시간 속에서도 각각 행성들이 내뿜는 먼지들은 다시 질서를 에워싸고 돈다.

행성은 하나의 별 같은 존재이다.

빛은 어두움을 밝히어 發하는 존재이지만 어두움은 가능한 그런 빛을 억눌러 자신만의 고요한 공간을 보존하려는 속성이 있다.

---

* 옳은 것을 믿는 자들, 자유를 지향하는 모든 분을 가리킨다.

공감각적 시공간의 場所[*]가 없이 시간은 흐르는 대로만 존재할까?
만약 시간이 멈춘다고 해도 우주 안에 궤도를 타고 도는 행성들도
멈추게 되는 건 아니다.

움직임은 시간 속에서만 가능하기에 오직 공간으로 이루어진 존재
들만이 다른 장소에 한정되지 않고 공존한다고 할 수 있다.

어쩌면 생각하고 느끼기에 사소한 감정이나 감각 기관에 따른 느낌
조차도…

공간 속 자신에 대한 知覺, 이러한 세밀한 부분을 포착 가능하게 해
주며 시간을 초월하여 할 수 없는 부분까지 영향을 미치게 한다.

그건 세기가 바뀐다고 되거나 세대를 거친다고 시간의 흐름처럼 물
따라 흐르는 성질을 갖추는 순리라고 말할 수 없다.

만약, 뉴턴이 만유인력의 법칙을 사과나무 아래서 발견했다고 가정

> [*] 삶에서 어쩔 수 없는 것들이 선택이 가능해질 수 있는 부분
> 들을 일컬어 하는 말이다.

한다면 "태어나면서부터 그는 물리학자였을까?"라는 흥미로운 질문을 가지게 된다.

"나는 태어나면서부터 어떤 존재였을까?"라는 질문은 과거에 국한되지 않고 현재 시점에서도 물어볼 수 있다.

우상과 현실은 존재와 상황을 파악하게 해줄수 있지만 미래를 예측할 수는 없다.

공간과 시간은 단순히 우리가 생활하는 주거의 공간이나 희로애락의 추억이 담긴 시간들만이 아니다. 시공간은 극도의 상황이 마침표가 찍힌 후에 부여하는 단 하나 더해진 기회와도 같은 것이다. 그래야만 영혼과 영혼이 마주하는 공간의 영역이 존재 가능하기 때문에 나란 존재를 묻지 않고 정의 내릴 수는 없는 게 핵심이다.

자유는 하나의 욕망의 대상이면서 하늘이 선물하는 빛이다.

무엇을 말하기 위해 부정할 수 없는 것을 발견한 척* 풍자식으로 냉

---

* 열렬한 논단, 신랄한 풍자식 비난 같은 것이다.

소적이고 빈정대는 태도는 감내할 수 없는 경험 앞에 무릎 꿇기 마련이다. 다만 다수에 의존한 대중 의식과 소수결과 판단을 근거로 한 인간 본성에서 비롯된 것이거나 욕심이 아니어야 한다.

시공간에 잠재된 의식은 내면에 比喩 가능하다.

어릴 때, 고흐의 작품을 접하면서 영혼까지 접하게 되는 경험을 했다. 갈구하는 욕망이 말해 주는 건 당시 나의 모습이지만 원하는 걸 올바르게 행하지 아니하는 사람들에게는 하나의 도구로 작용하기 때문에 심리전이 극도로 심각해졌고 자의식은 경계성 증세까지 파고들었다.

성장기의 과정처럼 관심 주제와 사랑의 대상은 갈망하는 존재이나 나의 존재가 아니라 추상적인 어떤 한 대상이었다. 그 속에서 경험하고 남겨지는 무엇이라고 말할 수 없는 비밀과 표상적인 것과는 대조되는 현상들로부터 실체를 심층적으로 이해하게 되었다.

수용하는 자세와 포용적인 태도는 자유로움이 진실을 외면한 채 진리를 추구하여서는 안 된다고 말한다.

복수는 어떤 목적이어서 기쁨을 선보이게 하는 맹렬한 싸움이 결코 되지 못한다. 세상 속에 물들지 않고 물러나 조용히 지내는 법은 사회 낙인론의 대상으로 찍히는 것이 가능해도 질주뿐만 아니라 완주를 위한 독립적인 자아가 되기 위한 길이기도 하다.

그렇게 만들어진 조물과 조성한 환경뿐만 아니라 문화는 새로운 세계를 형성하고 물질을 풍요롭게 해 주어 방대하게 영향을 끼치며 권위가 행해진다.

나와 남을 구분하고 편견을 부정하는 일은 바람직하지 못하다. 오직 감내하고 인내로 세상에 대하여 남이 말하고 내가 가진 편견에 답변할 수 있는 것이어야 한다.

이는 진실을 외면하는 태도*가 아니라 진실을 받아들이는 용기가 부족해서이다.

* 태도는 몸의 동작, 주체 대상의 자세를 말해 주지만 자세는 인생에서 이루는 목표나 사람의 의지와 실천 방면을 말하고 한 사람의 인격을 형성해 준다.

사람이란 동물은 어딘가 부족함이 있기 마련이고 의존하는 신과는 대조되는 존재이다.

나를 깨닫기 이전 경계선에서 '가짜'와 '진짜'를 구분하는 일은 잠재된 의식 속 벗어나고 싶은 욕망과 현실과 맞서는 저항의 힘의 크기는 세상 이치와도 같은 상대성 원리에 결코 배반하지 않음이어야 한다는 것을 보여 주었다.

좋은 삶, 살아온 인생과 나를 아는 것이다.

당신의 삶에 무엇을 가치로 삼는 것, 그것은 당신 그 자신이 아니라 인생이 된다. 삶의 질은 인생에서 경험하고 얻어지는 물질적인 것과 허영심을 내버려 두지 않는다. 하지만 이 생 또는 저 생이 아닌 또한 그런 '나'를 찾아 헤매는 행위도 아닌 꼭 함께하고 싶은 사람과 나누는 행복에서 느끼는 만족감과 '나'라는 사람의 자존감을 지켜 가며 사랑하는 일이야말로 위대한 것이다.

"그때, 나이가 아닌 삶의 시간이 어디에 머물러 있는 것이며 의지와 자신의 힘으로는 정할 수 없음을 깨닫게 된다."

PART 2   고함

이 힘을 견디고 삶이 지속되는 길은 마음으로 용서를 구하는 일이 었다.

때론 용서를 받는 일, 결국은 나 자신밖에 없음을 알게 되는 '나', 이는 나에게 자신 밖의 '나'를 확인하게 해 주었다.

가끔 내 안의 자아는 서로 차지하려고 일련의 부정 싸움을 벌이기도 하며 탐욕으로 인한 거짓도 수긍함을 발견한 이후 명상을 통해 현 상태와 동떨어진 현상을 제대로 바라보면서 나는 전보다 객관적으로 자신을 알아볼 수 있었다.

벌거벗은 듯한 인간의 본성은 그러함 속에 나도 몰래 똑같아져 간다는 사실을 알게 된 후로 내가 스스로 깨우려 할 때 이미 타자의 마음으로 가득 차 더 이상 스스로 통제할 수 없음은 그 한계에 다다랐다는 점을 알려 준다.

나의 길을 걸어오면서 천성으로 타고난* 저항 의식과 받아들여야

---

* 유전적인 요소, 환경과 배경에 따라 변이를 일으킨 결합 유전자의 대물림을 말한다.

하는 사물 앞에 개척 정신마저도 기꺼이 내 것으로 받아들여야만 했다.

삶은 흘러가고 간혹 허송세월이란 단어가 덧붙어 내가 고집하는 신념은 어쩌면 헛된 인간의 욕심이라고 할까 하는 것과 부딪히다 보면 이성마저도 사고의 형식과 틀을 벗어나고 마는 공기의 성질을 따라 영혼도 홀연히 사라지는 느낌을 받을 때가 있었다.

복종적이고 순응적인 태도는 여전히 과거 전쟁 시대나 승패 후 유배된 유목민*을 기르듯 관습적인 지배에서 벗어나지 못하게 한다.

본래 예의는 智·信·義와 더불어 사람이 사교 생활에서든 국가를 막론하여 사회에서든 갖추어야 할 마땅한 방식의 단계와 절차 같은 形式을 아우르는 단어이다. 글을 구성할 때 단락 속 사건·사물을 묘사하는 작은 절경을 이루는 소절 같은 역할을 하는 것이 예의에 어긋나지 않음이다.

* 추방된 대신과 백성을 가리킨다. 신분을 노예로 하락시키는 등의 일이다.

PART 2   고함

악취가 풍기는 예교와 관습적 취향은 이 땅에 뿌리 깊은 악의 根源에 가치를 인정받는 제도화된 사회 풍습에 물들어 참禪은 찾아보기 힘들다. 아버지가 개혁가로 운동하다 생을 자녀에게 바치는 것처럼 한은 고스란히 훗날 살아가야 할 세대까지 전이된다. 깨달은 뒤 내가 하는 일은 학습과 통제에서 벗어나 새로운 시도와 각오를 해야 한다.

이 시점에서 개혁은 필수 불가결한 것이라 할 수 있지만 민주는 전부를 내포하고 있지도 있어서도 안 된다.

자유란 열린 마음에서 생성되고 한계란 힘의 크기가 어느 한 방향을 이기거나 했을 때 다시 제로베이스 상태로 균형을 맞추기 때문이다.

진리를 추구하는 일은 정의의 구현이 아닌 진실을 내포하고 있는 정의의 구현이야말로 우리가 해야 할 일이라고 느꼈다.

모두가 할 수 있는 일 또는 모두가 말하는 일은 진정 개혁이란 틀을 놓고도 설명할 수 없는 것이다. 부인하는 것과 침묵하는 것은 말할 수 없는 실체에 형식과 의미를 부여하는 일이기에 德이 없이 마냥 실력이라 간주하는 일은 쉬운 일이다.

재능과 덕을 갖추어 살과 뼈를 깍듯이 하는 일을 사랑하고 즐기고도 공헌을 세상 밖으로 영향을 끼쳐 해내는 일도, 그때만 참으로 위대한 일이다.

내가 처음 이 국가에 귀화했을 때, 밖으로의 사람들에 대한 인식과 사고방식은 이분법적으로 상당히 적대적이었다. 이 폐단은 역사 연구 교수진과 대화로 실마리를 풀어 근대에서 발전이 없이 여전히 정신이나 사상적으로 제자리였음을 발견하고 위기의식을 느끼고 함께 역사라는 것을 '이것'이다 할 수 있다고 하는 진실에 설명 붙여진 사과와 그나마 공통적인 의식을 갖추는 일이었다.

禮儀를 갖추는 일이 무엇을 말하는 것인지를 비로소 제대로 알게 된 나머지 성격상의 특성과 고집마저도 집어삼켜 버렸다. 특별히 가진 자가 아니고도 나란 사람을 통해 전할 수 있는 것을 사람들 사이 전율로 느껴질 때가 있다.

내가 세상 밖으로 향하는 것과 세상 밖의 사람들이 향하는 마음은 상호 작용하여 드러나게 해 주고 고쳐 나가게끔 움직이는 힘으로 작용한다.

동등이라 말할 수 없는 부분*에 곧게 길을 걸으며 나란 사람의 인격을 내걸고 도전하는 일은 쉽지 않지만 그러한 부분으로 인하여 사람의 품격이 형성되고 윤리에 배반되지 않는 지혜와 용기를 갖추고도 삶을 실행으로 옮기는 예(藝)를 잃어서는 안 되기 때문이다.
단, 그 禮는 방종과 거짓된 실체가 아니라는 점을 義를 지키는 독자들과도 약속하고 싶었다.

가끔 이런 당혹스러운 질문을 받곤 한다.

"어떻게 작가가 되시려고 하는 거예요?"
"어떤 글로 자신을 표현하고 있는 건가요?"

언어의 표현은 말할 수 있는 것 혹은 없는 것에서 실존의 의미와 실체의 두각을 드러내 준다.

* 바르게 행하여지는 것이다.

사람과 동물은 공통으로 오감을 지닌 생물학적으로 비슷한 존재이지만, 둘 사이에는 명확한 기준과 차이점들이 있다.

동물은 나름의 생존을 위해 필수적인 소통을 하지만 이와 차별화되고 고차원적으로 생존 이외의 이성으로 통제 기능까지 관장하게 되며 사고하고 스스로 판단과 결정을 내릴 수 있는 개인성이 부여된다.

몸, 즉 육체는 욕망의 대상과 목표를 이루게 하는 매개체이면서 동시에 여러 기능적으로 역할을 수행하는 주체의 대상밖에 되지 않는다.

육신의 비밀을 깨닫고도 신비한 영혼의 세계에 빠져들어 구원을 받는 일은 앞서 받은 질문에 대한 답을 할 수는 없기 때문에 나의 세계 안에는 침묵의 꽃이 피었다.

지금부터 니의 사랑 애기를 통하여 독자들에게 터득한 지혜를 전수하려고 한다.

오랜 시간 동안 수줍은 짝사랑을 해 왔었다. 그 사람은 가까이에 있어도 먼 곳에 있는 것 같았고 우리 둘은 서로 마주 보지 못했었다. 한번은 생활의 무료함을 느끼고 한밤중에 현실에서 탈피하려고 강을 건너 도주하려 시도를 했었다. 처음 그곳에는 아무것도 없었고 시끌벅적한 소리도 들리지 않아 매우 행복했다.

그렇게 단둘이 있는 곳과 시간들이….

혼자이고 세상에 두려움이 많은 내게 먼저 손 내밀어 준 사람은 그 사람이었고, 과거 나의 성격은 지금과 사뭇 다른 얌전한 성격이어서 누구에게 먼저 말을 걸고 하는 용기가 없었다.

하지만 그 사람에게는 중요한 과제가 있었고, 나는 결정해야 하는 순간이 왔다. 그때 사랑을 만나지 못했더라면 지금 사랑에 대한 답도 스스로가 가질 수 없었기에 하늘이 준 기회에 감사했다.

서운하게도 그 사람에게는 희생할 권한도 심은 나무도 두 그루가 되어 있었다. 이는 마치 나에게서 선물을 받고도 품에서 앗아 가는 기분이었다.

자연이 반복하듯이 삶은 순환하면서 다시 돌아와 행복의 눈물을 껴

안아 주기도 하면서 불만을 달래 준다.

눈물은 바다가 되었고 하늘은 받쳐 주지 못해 홍수가 났고 피해로 번졌다.

단단하지 못한 나무는 금세 시들어 죽거나 파묻히고 말아 도움이 되지 못하였다.

돌아가야 하는 때와 사람에 대한 두려움은 즉각 한 사람을 인식하지 못하게 하는 경향이 있다. 둘은 하나가 되었고, 최후의 나뭇가지 하나를 땅에 묻어 두게 되면서 맑은 하늘을 선물하였다.

내가 몰랐던 한 가지 사실은 오해와 불신이 아니라 하늘은 악을 선물하지 않았던 것이고, 그 사람을 몰라주었던 그 한 가지는 희생이 곧 내가 심은 나무였는데 그 한 그루의 나무는 온전한 것이었다.

꽃은 피었던 곳에서 씨를 뿌리기 위해 시들어 죽기 전 바람의 힘을 빌려 땅에 가루를 흩날리고 다시 순환되는 자연을 이용해 피어난다. 나무는 자라던 그 자리를 지키며 평온하게 때를 알고 동트고 해가 지는 이치는 어제나 오늘이나 내일 모두 마찬가지인 것이다.

세상은 내게 말해 주지 않았다. 세상은 전부 나의 것이거나 편이 될 수 없음을 깨닫고도 외부에 노출되어 부정에 갇혀 헤어 나오지 못해 차단된 통로와 길로의 마지막 희망의 불씨를 채 피우지 못하고 사라져 버려야 하는 걸까.

내가 스스로 포기함은 꿈과 자신이 아니라 세상 밖 외부적인 요소와의 연결된 엉뚱한 생각에서 비롯되었다. 그 속에서 자제심을 갖추는 일이 여러 경험과 지난 생애를 청산하고 새롭게 출발하고 이기는 유일한 방법이면서 잃었던 자신의 외향적인 모습을 가꾸는 일과 禮를 되찾는 일이 문학예술 학문 연구를 하는 사람으로서 藝를 갖추는 일이었다.

뜬구름을 쫓아가는 일이 허망하면서도 실망과 좌절을 맛보게 하여도 쉽게 포기하고 상실하지 않는다고 함은 악의 본성에 비추어 볼 때 참으로 아이러니한 얘기라고 할 수밖에 없는 것 같다.

더 이상 무형적인 것을 쫓아갈 수만은 없음을 알아차리게 되었을 때 '사회'라는 틀과 수용의 테두리를 받아들일 수밖에 없음은 경험에서 얻은 하나의 교훈이었다. '존재함'이 무엇인지 명확하게 말할 수 없을 때 과거 배경과 비교하여 어떤 위험과 존재가 되어야 하는 것에 지난 배움도 쉽게 망각할 수 있기 때문에 성냄으로 나란 사람을 부각하기도 했다.

나에게 조국은 보은의 대상이고 내가 받은 양육은 어미 새가 갓 태어난 아기 새를 먹여 주는 것과 같은 모성애에서 출발한다.

시대적으로 혼란스럽고 난처한 상황에 놓여도 그리 많은 지적을 받지는 않았다. 인민들은 아이를 돌보는 일이 의무이듯이 어려움을 해결해 주려고 나섰고 옆에 친근한 엄마 같은 존재가 늘 감싸 안아 주기도 하였다.

그래서인지 사람들끼리 드러내는 속내와 고약한 심보는 용납되지 않았고 양보하는 미덕마저도 궤변을 할 수 있는 논쟁거리가 되는 자존심마저도 절대 허락되지 않는 존재가 되었다.

평화는 가정 속에서 이루어지지만 진실한 사랑은 노력으로 이루어 가야 한다. 세상이 만든 평화는 전체로 말할 수 없는 불균형을 앓고 있음에도 자신들이 낳은 결과 앞에 타인에 대한 배척과 한탄뿐이다.

글을 쓰면서, 나의 바람은 그런 민주주의와 사회주의의 차이처럼 서로 얽혀 있으면서도 배척하는 성질로부터 평온함을 유지할 수 있게 되는 것이다.

후회함을 알게 되었고 나 스스로 되돌아보는 시간을 가졌다.

민주주의 사회라고 믿는 것이나 자유라고 믿는 것은 동등한 위치에서 출발하여 간발의 차이가 크게 확대되어 땅과 하늘을 가리는 차이를 빚음을 경험했지만 평정심을 갖고 리더의 자세를 유지하기란 엄청 많은 힘을 필요로 했다.

이 사회에서 치열한 경쟁을 하면서 자신을 돌아보지 않는 일은 자칫 후환을 안겨다 줄 만큼 무서운 일이 된다. 세상과 사회의 연결 고리마저 還滅*을 느끼게 해 주어 여태껏 쌓은 공든 탑이 한순간에 무너지는 경험을 일상이 반복되듯 수차례 경험하여 받아들이는 상태가 되었다.

* 나를 제대로 알고 과정 속 적을 알게 될 때 돌아오는 것과 멸하지 않는 대상, 또는 가려내는 일이다.

사람들 간의 불신과 권위적인 상징 대상의 타락성과 사회의 부조리
는 민주주의가 말하는 것이나 사회주의가 말하는 것이나 향하는 본
질적인 측면에서 차이가 비롯된다.

민주주의를 향하여 있으면서도 사회주의라기보다는 경험상 민주
주의가 낳은 자본은 계급과 계층의 민낯에 불과하였고 국가를 위해
공헌한다는 학문적인 연구도 수치심을 느끼게 되었다.

그나마 자부하는 것이 변질되거나 변하지 않는 것이 되었다는 점과
신념에 대한 확신이 끊이지 않았다는 점은 참 다행이었고 불행 속
행운을 만들어 낸 것이 그 결과였다.

불우한 어린 시절 심리적인 불안감에 시달려 극도의 고통을 겪어
야만 했다. 어느 순간 나를 잃어버리고 망각의 세계 속에 빠졌을 때
공포에 휩싸인 눈동자는 좀처럼 길을 열어 두지 않았다. 내게 친인
척이라는 존재는 끝까지 맞서 싸워 이겨야 하는 경쟁 대상에 불과
하였고 신경이 과민한 나머지 정신적인 트라우마에서 분열증에 가
까운 증세로 고생해야만 했다.

현재로 초점을 맞춘다면 아마 지금 하고 있는 일, 즉 인문적인 학문

같은 작가와는 거리가 있었을 것이다. 사회 편견과 사람들의 시선은 나를 가만히 내버려 두지 않았고, 나의 편견도 거기서 멈추지 않았다. 아이러니하게도 서서히 빛이 되어 다른 눈동자를 마주하고 있었을 무렵, 나의 심장은 멈추는 듯 벅차 있었고 반면에 그로 향한 열정은 차츰 영혼을 불태우기도 했다.

서로 공간을 두어 존중하는 일은 다른 관점에서 해석하면, 자기 방식대로 상대를 통제하거나 지배하려는 마음을 배제하고 자신을 내려놓아 조작하는 행위를 그만두는 것이다.

대화로 소통을 시도하는 노력을 기울이면서 많은 사람이 심지어 세상도 어느 정도는 내 편이 되어 주는 기분이 들었지만 책임 없는 국가처럼 소원이라고 해서 실리 없는 일은 별로 큰 도움은 되지 않았다. 세상 이치를 알게 된 이후, 실리를 추구하는 일보다 가정과 생활에 충실해졌고 현재 머물러 있는 상태에서 발전하는 일이 더 중요해졌다.

인생에서 공허함을 느끼고 맛보면서 뜬구름*을 좇아가는 일보다 현
실의 더없는 소중함이 절실하게 느껴지곤 하였다. 그러면서 상황이
만나고 부딪히는 어려운 일과 나와 적대적이고 싫었던 인연들을 다
루어 나가는 일이 흥미로워지기도 하면서 일상은 마냥 무료하거나
심심하지 않게 여겨졌다.

늘 새로움을 추구하는 일을 좋아하는 내게도 쉽사리 사조**를 따라
가는 일은 쉽지만은 않았다. 자기만족은 상황별 그 목적이 성취됐
을 때만이 아니라 상호 간의 소통이 원활해지거나 긍정적으로 좋아
졌을 때도 자아 성취에 대한 만족감은 느껴진다.

*   앞의 단어와 상이하다. 속세의 욕망을 좇는 일 또는 부귀영
    화와 같은 허망한 일처럼 현실 앞에 이루거나 달성하기 어
    려운 일이다.
** 사상이나 풍습 따위의 사회 흐름, 전반적인 흐름대로 따라
    가는 일 또는 내버려 두는 일이다.

그럼에도 가지 치는 일은 이뤄져야만 했고 無理[*]數[**]에 따르는 팔이 잘리는 듯한 대가를 맛보며 理想과의 거리감을 절감하기도 했다.

노력을 했을 때 그대로 결과를 본다는 믿음은 소위 방탕하게 법을 믿는 소인과 같은 괘씸한 일이다. 이는 어떤 환경 조건에 처했을 때도 법은 법대로 한다는 式의 권선징악이 바로 행하여졌을 때를 말하지만 모든 이가 幻覺 속에서 헤어 나오지 못하는 현상을 한 단어로 형용하자면 '언젠가'라는 수식어에서 비롯된 미구어이다.

異常과 다른 일을 일컬어 올바른 권선징악이 행해지고 벌이 가해지기도 하는 모든 이와 수행을 한 자들에게는 그대로 복이 돌아간다는 말로 하는 믿음은 滅하여 종국에 망국이 되지 않게 하는 일처럼 사람이 하는 일 그 역시 망령되지 말아야 한다.

통제를 하거나 받는 존재가 되면 국가에 대한 인식이 강렬하게 드

---

[*]   1. 도리나 이치에 맞지 않음 2. 힘에 부치는 일을 억지로 우겨서 함 중 두 번째 의미로 해석한다.

[**] 승산의 확률의 높고 낮음을 가리키는 말로 믿음과 같은 신념을 수학적으로 표현한다.

러나면서 현상 속 세상을 읽는 일이나 나 자신을 해석하는 일도 포함되어 육체적이든 정신 및 사상적인 측면이든 손상이 가하지 않도록 보호하는 행위로 행동을 즉각 인지하는 사실 자체가 삶의 굴레로 작용하기도 한다.

지배는 '언제'라는 수식어와 때를 막론하고 항상 폭력의 대상으로 인지되어 왔지만 역설적이게도 사람들은 민주주의든 사회주의든 간에 그 지배에서 벗어나지 못하고 있으면서 사람이 가진 힘에 대해서는 어떤 의구심도 품지 않는다는 점이다.

내가 말하고 싶은 것은 어린 고래가 어미 고래 등에 의존하여 성장하고 생존을 위한 수단들을 터득하기 전까지 단지 자연의 법칙에 내맡겨서 적자생존을 말할 수는 없듯이 의존하는 사람들이나 자립이 강한 존재들 사이 무엇이라고 말할 수 없는 사실을 관계하는 일은 그 어떤 이익도 창출할 수 없다는 것이다.

그리고 眞實을 말하며 主義를 정의 내린다는 일은 위와 비교*해서

* 比較, 두 대상의 기교나 도량을 견주는 일 또는 두 사물이 좋고 나쁨을 판가름하는 일을 말한다.

이치에 어긋나는 일이기도 하다는 사실이다.

확고한 신념은 정념(正念)에 다다르게 하며 主義에 국한하지 않고 단순 포용보다 공동으로 똑같이 적용 가능하고 위배함이 없는 부분으로 실력과 신뢰를 말할 수 있어야 한다.

과거 왕조 시대에 인재 등용이 가능했던 부분이 바로 신분과 계급이 아닌 재덕(才德)*을 겸비한 인재를 자리에 앉혀 왕권을 강화했기 때문에 가능했다고 생각한다.

사람들은 법을 輕蔑**하면서 법을 믿는다. 형식과 틀이 아니라 법이 사람을 지배하고 사람이 법을 이용하는 세상은 되지 못한다는 것은 사람이 존재하기 이전에 법보다 위대하고 숭고한 사상이나 존재를 모르기 때문이다.

* 재능과 德을 갖춘 자로 상황에 국한하지 않고 덕망을 버리지 않고 사리에 맞게 재능을 기여하는 일 또는 그러한 인재를 가리킨다.
** 가볍게 여기거나 업신여기어 멸시하는 대상 또는 그와 같은 사물을 말한다.

어긋남이 禮教에서 벗어나 통제 가능한 범위 안에 속하지 않은 무리나 대상을 일컬어 혁신을 내세워 개혁파 또는 사회주의를 비난하지는 말아야 하는데 진실이 없이 진리만을 추구하는 일은 정의 또한 민주주의 집단에서 누구의 소속이고 소유냐는 질문에 답을 할 수 없고 사람들 역시 회의감만 가지게 할 뿐이다.

이는 또 다른 共産을 낳는 일이며 율법에 지정된 비인륜적이고 도리에 어긋나는 무책임한 행위라고 할 수밖에 없다.

공산이 무서운 일이 아니라 사람이 사람을 가리는 일을 내포하여 비인륜적으로 사리에 맞지 않고 진리를 막무가내로 추구하는 일을 민주주의라는 명의에 순리를 거슬러 말하는 일은 죽음을 선물하는 것과 같은 일로 공산*을 추구하거나 정의의 대상을 生産하여서는 안 된다.

* 여기서 共産은 사회주의나 민주주의의 특수 집단, 어느 한
   소속의 소유물로 집단 내부에서 나누는 일 또는 대상자들을
   의·引喩하였다. 여기서 의(義)는 집단에 이끌리는 목적을
   말한다.

아픈 역사지만 자부심을 느끼게 해 줄 수 있었던 것이라면 자주독립을 민주로 이루었다는 것이었는데 그로 인해 피해는 가늠의 대상이 아니었고 오늘날 경제가 급부상하였음에도 사람들이 경계하는 대상에서 한반도는 늘 불안을 겪고 있다는 건 안타까운 사실을 절감해야 하는 부분도 들어 있기 때문에 성공이라 할 수 있다고 정의 내려진다.

민감하고 난처한 질문이 간혹 사람을 당황스럽게 만들지라도 그것은 복잡한 문제를 단순하게 해결하게 해 주며 솔직하고 담백함을 전달하기도 하면서 소중한 권리 행사를 할 수 있는 인간에게 없어서는 안 될 생존권*을 부여한다.

국가가 우선이 아닌 국민의 권한이 올바른 대행을 하는 정부 기관의 존립 여부가 국가 정치의 신뢰와 사회 탄력성을 논할 수 있는 명제가 되기에 무엇보다 중요한 사실이다.

----

* 국가의 법령에 따른 국민 보호법에 근거한 생활권, 경제권, 혼인권, 시민권 4가지의 권리와 생존 가능하게 존중받는 권리를 가리킨다.

더 이상 어쩔 수 없는 역사, 다시 말하면 어쩔 수 없는 상황과 이례적인 경우 사용했던 방법이 가져다주는 장점과 목적을 위해 치르는 대가를 지불하고도 남은 자에게 물어서는 안 된다고 외쳐야 한다.

역사도 통일을 해야 하는 과제이고 국민이라면 책임을 부정해서는 안 되는 일이기도 하다.

통제를 위해 일부 삭제하거나 미화(美化)하는 일은 자신의 존재를 아껴서는 안 되며 타인에 대한 인식과 올바른 해석이 가능해야만 하고 물론 진실이 내포되어야만 하는 정의를 구현하는 일이어야 하며 주의(主義)든 국가든 묻지 말아야 한다.

오늘은 미지의 힘에 대한 크기보다 믿음에 대해서 새로운 단결을 되찾았다. 지정된 결말 앞에 어쩔 수 없는 상황이 따른다면 방심의 대가를 지불하고도 당신은 무엇을 하고 싶은가 하는 질문은 나란 개체가 지니는 자유로 삶의 의미를 묻기도 하는 행위이다.

自問의 경과는 하나의 과정이기도 하지만 즐거움을 가져다주기도 한다. 물론 어느 때나 苦節를 고수하는 방법만이 득책은 아니지만 그런 한때에 쉬어 가고 과거의 기억 속에 머물다 다시 나라는 사람의 됨됨이를 짚어 보는 일은 위대한 관념을 지니는 것보다 중요하지만 이는 큰 성취보다 훨씬 일상에서의 작은 소중함을 느끼게 해 준다.

욕심은 탐욕과 질투 같은 부정적인 감정을 데리고 오지만 그대로 충분한 사실을 받아들이고 그 안에서 나에게 필요한 부분을 고친다는 건 성장 과정이 될 수 있기 때문에 인생에 단 한 번의 기회라면 내게 지금 그런 시간이 온 것이다. 본성적으로 마땅히 일어나는 생각이나 분노까지도 정신병보다는 질환같이 스스로 제어를 하지 못하는 부분이다. 다시 말하면 영혼 없는 육체로만 가능한 일들을 하게 되고 집체로 공공 단체처럼 따라가게 되는 일련의 과정에 속하여 있는 것이다.

친애하는 독자 여러분께, 수줍은 인사 말씀을 올리며 내 글을 사랑해 주고 마음을 이해해 주는 분들에게 고마움을 표현하고 싶었습니다. 작가의 수명이 짧은 만큼 우리가 함께하는 시간과 만남은 짧겠지만 전체 흐름을 보는 눈이 필요한 게 아니라 지니는 마음이 더욱 중요하다는 점을 자신의 얘기로 깨달음이 아니어도 영감을 주고 싶었기에 가능한 일이었습니다.

평온한 세상을 만들어 가치가 아니라 사람과 사람 사이를 연결해 주는 태도로 출발해 당신도 함께 평화와 잠든 영혼을 깨우기를 소망하며 이 글을 마칩니다.

○
어린 양

祖國을 위해서
어떠한 존재가 된다는 것
인민을 위해서 무엇인가
해낸다는 일은
나 자신에게 있어서
나 자신의 존재가
얼마나 소중한지를 알고
그런 내가 세상에 밝혀지기까지도
많은 사람의 눈길만이 아니라
관심과 독려도 필요한 것임을 안다면
인생을 잘 살아 낸다는 건
그저 욕심일 뿐인 걸까.

삶의 주인공으로 산다는 건
소유보다 시공간을 통틀어
함께하고 있을 때

비로소 짐의 무게를 덜 수 있었다.

바른길을 걷고자 正道의 선택에

나 자신의 길을 걸어가기란

어쩌면 현실도, 아픔도

직면해야 하는 일이지만

인생에서

다만,

그 의미를 가져다주기를.

멈칫하다,

뒤돌아보아도

미소 짓기란,

나를 비워 내는 일이었다.

○ 생애의 봄

피고 지는 꽃을 어찌하랴.
계절을 타고 보내는 것뿐이로다.
꽃이 떠오르고 저무는 해를
아느나니
모든 것이 자연의 이치와 순리대로다.

바라는 임이여,
사르르 타고 가는 바람이여,
어찌 고수로 지난 계절을
헤아리리.

피고 지는 그 자리에서
모든 순간,
모든 나날의 아름다움을
내뿜어 숙명이 다하여도
나 그대와,

영원하리오리다.

바람에 휘날리는 향기도 아니어라.
나비와 들꽃의 입맞춤일지언정
춤추기 위함도 아니어라!
골격이 선사하는 자태의
아름다움도 아니어라!

나, 그대의 자랑이어라!
오로지 그 자리에서
피운 내 꽃을 고스란히 담아,
땅속에 스미어 묻히나니.
생애의 봄이 다하여도,
그 설움도 다하리라!

○

永遠

"영원" 할 수 있는 존재를 찾아 헤맨다.
인류의 역사도 신 앞에서는 맹세를 거두고
종말에 이른다.
간절히 바라는 소원처럼,
나의 영원은 영혼에 담아내고 싶었다.

모든 기억이 사라지고
사태를 이해하는 일
국가를 되찾는 일만큼이나 미약한 존재가
인내를 기르면서
더 이상 헤매지 않고
제정신을 갖출 수 있었다.

시인의 목소리처럼
영원(永遠)이란 단어는 시간을 초월하여
영감을 남긴다.

통합과 안정을 위한 일은 항상 존재하지만
영원은 그렇지 않다.
그만큼의 대가를 치러야 하기에…

영혼을 음미하는 독자처럼
영원의 뜻을 읽어 낼 수 있다면
그보다 더 간절한 바람은 없을 것 같다.
길은 짧아도 되돌아오는 길만이 아니라
탈출구도 있어야 하기에…

오직 영원만이,
구제(救濟)할 수 있는 것이 있다.
이를 위한 대업도,
잠시 삶 속의 일부로 내려놓고
영혼이 부르는 애절한 노래만이
백중(伯仲)에 놓인다.

(繼續)

음유의 시인처럼,

맹수의 두 눈처럼,

잔잔한 바람 소리에도,

흔들리지 않는 지혜로,

길을 열어 둔다.

부엌에 밥 짓는 소리.

시장에 북적이는 소리.

아이들이 떼쓰는 울음소리.

행진의 음악 소리.

○

그리움

'그때'라는 그리움

곁에 있다는 것, 함께한다는 건
어쩌면 영원히 불멸한 어느 순간보다도
짜릿하다.

'눈'에 의한 감각 기관이 아닌,
정신이 바라보는 "그" 눈은
발자취를 감추어도 아슬아슬한 전율처럼
기억에 더 남는다.

사랑이란 형과 틀을 벗어나,
情이 깃든 그때 좋았던 추억이
머무르고 있는 향處에

아직 남모르는 나만의 비밀스러움이
가져다주는 설렘과 두근거림이
남아 있기 때문이다.

만약, 사랑이 나를 데려다준다면
더 나은 나와 네가
만남의 장소에서

그때, 매듭지어진 줄거리와
우리의 자취들을 맛보며
여전히 시간의 흐름 속에
맡겨 삶의 전부가 될 수 있다면

만약, 사랑이 나를 데려다준다면
'그때'라는 그리움을 껴안고,
시간 속 세세한 계획까지도
함께하기를.

PART 2   그리움

PART 3

○

장론

마지막 場

시대에 부응하여 군중을 낳고
대중을 말하는 人爲 문화의
비겁한 학자들이여,
영혼을 팔아먹는 학道들과
배운 것을 권위의 포식자로
이용하고 당하는 자들이나
권위에 물들인 치졸함과 약삭빠른
행동거지를 옮기는 소인들이나
다름이 없도다.

오늘을 말하지만 너희에게,
결코 공감할 수 없음에
어떠한 학식도 가르침도 없다.

그 함정에 빠지지 않기 위해
새로운 사람들과의 만남을 통해
부단히 노력과 함께
실패를 되뇌이며
개선하고 완성하여,

단 하나의 길과 신념을 위해
나아간다.

PART 3   장론

○
공명의 시간

산다는 것, 때론 그 자체가 용기가 필요한 행위이다.

사람은 죽고 싶은 마음만큼 살고 싶은 것에 대한 욕망 또한 커진다.

무엇을 위해 사는 것인지에 대한 명료한 답을 얻기 어렵기에 흔히 '시간이 약이다'라는 말과 같이 시간에 의존한다.

보편성에 따른 규정으로 나의 시간은 따로 정해져 있지는 않지만, 인생을 산다는 것은 그에 집착하게끔 한다.

당신은 무엇을 위해 사는가? 하는 질문은 당신은 무엇 때문에 태어났는가? 하는 질문과 똑같이 난감한 질문인데 이는 말로 설명할 수 없는 것들이기 때문이다.

오로지 그 자신만이, 내 안에 심은 무언가를 발견할 뿐이다.

지금을 산다는 것; 과거 속에 머물며 산다는 것; 미래를 위해 산다는 것 모두 부질없는 짓이다.

지금을 위해 산다는 것, 다만 그것이 내일을 위해서라면.

만약 고집이 앞을 내다볼 수 있게 허락한다면, 미래를 위해 산다는 것 또한 부처님께서 말씀하시는 해탈의 경지에 이를 수 있는 것과 같다. 즉, 어떠한 바라는 마음이 들어와도 스스로가 관조하고 사띠[*] 하며 바라지 않음의 상태와 같아져 무상의 경지에 이를 수 있는 것 과도 같은 것이다.

내가 그 자신과 혹은 눈에 보이든 보이지 않는 마음에서 그려지는 대상과 투쟁할 때 시간은 온전히 나의 것이 아님을 발견한다.

내가 의식하는 그 무엇은 메아리처럼 되돌아온다.

삶이 흐르는 시간 속이 아닌 시간을 어떻게 보내고 무언가를 채워 야만 의미 있고 가치를 부여한다는 것은 욕심 때문이기도 하다.

[*]　　사유(思惟)를 의미함.

PART 3　공명의 시간

그 욕심은, 다름 아닌 나의 바람에서 비롯된 것……

과거에 심어졌던 갈등, 미움, 부족함에서 시작되어 한계 지어진 틀 때문에 영혼의 부재는 곧 마음과 동떨어지게 발생하게끔 한다.

악은 뭐라 해도 악으로 끝나고 선함은 그 자체로 선하다.

받아들여지지 않음으로 얼마큼 많은 해석과 이유들로 시간을 낭비하는가.

이는 과연 바람직한 것인가?

주어진 시간만큼 사람들은 무언가를 해내려고 한다.

인간은 자신에게 쉽게 거짓말을 한다.

동물적 본능은 비난을 살 수 있지만 인간이 지닌 생각은 불필요한 투쟁을 낳는다. 본능 때문에 인간과 동물을 구분 짓지만 인간의 위엄은 무엇인가를 정복했을 때, 이를 일컬어 용기라고 한다. 과연 그 용기는 참된 것이며 실질적이라 할 수 있는가……

과거 나는 내가 의미 둔 것에 누군가에 의해 짓밟아졌을 때, 경계 지어진 그 대상을 뛰어 넘으려고 하였다.

그때 마음에서 '이건 아니야' 하고 멈춘다. 그 경계로 인한 위협이 다가왔을 때 공포감은 이길 수 있는 대상이 되지 못한다.

더 이상 보지 못하게, 듣지 못하게, 행하지 못하게, 느끼지 못하게, 움직일 수 없게;

시간은 단지 흐른다.

이는 상실됨을 의미한다.

천 년 뒤 내가 존재하지 않아도 시간은 존재하고 시간이 흐르는 불변의 법칙 앞에 지금 무언가를 하기 위해 시간을 보낸다는 것, 의미를 둔다는 것은 자신의 생각과 논리일 뿐이다.

이를 위해 세상을 정확히 보려고 하고, 바르게 해석하고, 사람에 대해 완전히 알려고 한다.

PART 3 　 공명의 시간

하지만 이는 가능한 일인가?

세상에서 제일 무서운 건 가난이지만 제일 공포스러운 것은 사랑이 없는 것이다.

원수에게도 자비를 베풀어야 한다. 사랑과 믿음으로 대항하여 희망의 빛으로 가꾸어야 한다.

모든 것은 내가 결정하는 것이 아니라 시간 속에 대기와 순번일 뿐이다.

그것들은 모두 순차적으로 이루어진다. 혼란스러움 속에 조화로움을 되찾는다면 공명(共鳴)의 시간은 멈추는 것이 아니라 永遠할 것이라고 믿는다.

○

믿음

믿는다는 건······

서로에 대한 믿음, 서로가 가진 공통분모를 떠올리며

개연성을 부여하고 믿는 것.

또는 기대감에 젖어 들지 않고 충분히 믿는다고 하는 것.

이 모두 바라는 것에 대하여 관용으로

상대방의 반응에 전혀 개의치 않을 수 있을 때,

진정 어떤 관계에서도 비로소 자유로워지는 법이다.

믿는 것을 멈출 때, 비로소 믿음을 말할 수 있다.

PART 3   믿음

PART 4

○

조각 거울

　　마음은 깨지지 않는 보석과 같다. 다이아몬드를 만들려면 우선 琢磨의 과정을 거쳐야만 한다.
세공이 다이아몬드의 아름다움을 결정하는 원인은 얼마나 세심하게 주의를 기울였는가 하는 관문을 거쳐야만 완벽하게 완성을 말할 수 있기 때문이다.

이는 "나는 누구이고 어떤 사람이어야 하는가" 와도 같은 질문이다.

거울을 통해서 바라보고 있는 모습이 과연 과학의 원리처럼 반사되어 투영된 虛像에 불과한 것인가 하는 문제에 깊이 있게 나 자신을 들여다보고 반성하였다.

가끔 공감과 사고를 거쳐도 감정적인 판단을 내리는 사람들과 현상을 비하했었다.

사람들은 그런 행위를 아무렇지 않게 여기고 당연하게 맞는다고 생각하는 것들은 사실을 왜곡하기 쉽게 노출되어 있는 것에 事理를 무분별하게 만드는 결과를 초래하기도 하기 때문이었다.

공감은 시공간을 넘어서 영혼의 합일과 하모니를 이루는 긍정적인 효과를 낳기도 하지만 부재에 존재하는 여러 가지 감정은 함께 나누거나 해소 불가능한 것 또한 개인을 망각하고 심리마다 생겨나는 목적의식에 불과하기 때문이다.

그래서 공감도 올바르게 해석하는 방법과 지혜를 갖추어야만 하고 필요한 지식도 학습을 통해서 익히고 끊임없는 노력으로 실행에 옮겨야만 가능하다.

공감도 제 자신 그릇 안에서만 해석하고 감정과 메시지를 읽기 때문에…

여자여서 참 다행이라고 할 수 있는 것들이 많다.

나도 그런 시절을 거쳐서 성장했기에 말할 수 있는 부분도 있지만 극히 드문 현상, 즉 인위적인 부분으로 인한 경험에서 발생한다.

한 아이였을 때, 누구인가라는 독립적인 생각보다 어떤 한 사람을 사랑하는지에 대한 질문이 더 컸던 것 같다. 원석을 가꾸듯 내 안의 내실을 가꾸기 시작하면서 사물의 흐름과 세상 밖의 일을 이해할 수 있게 되었다.

처음 그 순수한 마음으로 다가가 보면, 여전히 현재에 충실하게 되고 감사하는 마음이 든다.

자유를 사랑했지만 깊은 마음속 잠든 천사를 발견했을 때 밀려오는 슬픔과 아픈 기억들은 영혼이란 존재를 간과하게 하여 체념마저도 단념하게 한다. 그런 내가 일깨워진 장소는 바로 빛이 아픔을 통과했을 시각이었다.

거울은 산산조각이 나서 깨지고 말았다.

깨진 조각 거울 하나를 집어서 나 자신을 바라보았다.
과연 그 얼굴의 주인공이 누구인지는 마음 속 존재하는 대상을 다시 反影하여 말해 주기도 하는 증거물이었다.

분자들끼리 부대끼어 공기 중에 증발하는 수증기처럼 그림자도 사라졌다.

어두움마저 삼켜 버릴 것 같은 암흑이 더는 나를 집어삼키지 못하게 나에게 도움을 준 경험이었다.

조각 거울의 면모들은 다시 모아 새로운 映像을 만들 수 없고 그런 "나" 아닌 거울의 한 면으로 고통 받지 않게 되었다.

원망, 질투, 분노, 시기와 미움 같은 부정적인 쓰레기처럼
먹어도 건강이나 다이어트에 도움이 되지 않는 인스턴트식품이나
비슷한 음식물 쓰레기처럼,
그것들을 소각시켜 버렸다.

원석을 가공하여 아름다운 선물이 되어 주듯이, 나 또한 그대의 선물이 되어 주기로 다짐하기로 한 이후 변화가 생겨나기 시작했고 그 사실을 받아들이는 용기도 잃지 않았다.

내일의 희망을 위하여, 밝은 운명을 향한 새 출발을 위하여!!

PART 4   조각 거울

○ 백설공주와 나

내가 그대와 함께 여행을 마친 소감을 고백하려고 한다.

여기에는 마법 같은 힘이 존재하여 신의 존재를 깨닫게 해 주기도,
스스로 '그' 관조자가 되어 주기도 하는 신비로운 힘이 작용한다.

만약 내가 《백설공주*》속의 악마였다면 또는 만약 내가 《백설공주》
속의 왕자가 찾는 공주라고 한다면 어떤 것에 의해 결말이 이어지
든 사실은 변하지 않는다.

마치 그대의 삶처럼⋯

때론 삶이 그것을 허락하지 않을 때, 나 자신은 허용하도록 해야만
하는 또한 그런 의지를 갖는다.

* 작품 《백설공주》

이런 의지는 그 자신이 무엇으로 속결 되었는지도 알려 준다.

사실 여기까지 오는 우회로는 잘못 걸었다고 생각했던 길들이 돌아서 가는 길이 아니라 바로 그 지름길이었음을 알게 해 준다.

과정 중, '만약, 내가 백설공주가 되어 그 사과를 먹지 않았었더라도'라는 것이 영향을 받는 요소에서 제외가 되는 이유는 그래도 왕자님은 찾아오셨을 것이라는 믿음을 가지고 있기 때문이다.

이면에 왕자님이 찾아올 것이라는 기대가 기다려지지 않거나 믿음이 약해지는 경우는 바로 결말은 이미 '생각대로의 것'인 모두가 아는 '백설공주*'의 이야기로 그려져 있기 때문이다.

나는 '상냥함'이 무엇인지 또한 신화에서 나오는 '양'의 존재에 대해서 말한다.

난쟁이의 착한 본성과 선함이 결코 아무것도 아닌 것이 아님을…
설사 세상이 그 대상에 대한 시선이 부정할지라도 또는 다른 견해

    *   작품 속 주인공 백설공주

PART 4   백설공주와 나

와 이해의 차이로 다른 해석을 하여 오류를 빚게 되더라도 다른 관념이 무엇인지를 '앎' 자체 행위로부터 그런 자신을 내려 놓으면서도 말이다.

'그런 내가 백설공주가 되어서라도'라는 가정은 백설공주가 선택받은 것이었기 때문이었고 또는 '내가 백설공주가 되었더라면' 하는 것은 사람들이 흔히 하는 실수 중 배경과 이야기 뒷면에 나오는 어두운 그림자까지도 비친 보이지 않는 것을 간과하여 무언가를 의식하는 것으로 믿음을 갖는 것에 두려워하거나 알고 있는 것에서 '믿는 것'으로 이탈하여 자체 믿음을 갖기가 어렵기 때문이다.

삶에서 내 의지로 도달하기 어려운 경지나 이루어지지 않을 때, 무엇이 '좋음'인지를 학습해 가며 성장해 온 것이 관계 속에서 얻은 깨달음으로부터 해소를 얻어 위로를 받으며 '보이지 않는 것'으로부터 놓아 버림도 존재한다.

'백설공주'는 내게 삶을 연기시키며 '난쟁이'들로부터 '보라'의 대상이 되었고 만약 내가 백설공주가 거짓말의 대상이 아님을 확인한다는 가정하에 백설공주가 사과를 먹지 않았더라면…

또한, 악마가 공연히 그 사과를 백설공주에게 건네지 않았더라면…
왕자님이 그곳을 지나지 않았더라면…

삶은 선택될 수 없는 것들로 이루어진다.
가꾸어 온 믿음이 또는 느끼는 감성이 '무엇을 깨워 줄 것인가'에 관한 건 그 주인공에게서 찾아야만 한다.

그게 무엇이든지; 결말이 어떠하든지, 설사 주인공이 누구든지 그것은 나 자신밖에 없음을 깨닫게 해 준다.

당신은 곧 깨달음을 얻게 된다.
그 자신이 받은 상처로부터 빛이 존재하고 있음을…

백설공주가 독약을 먹고 쓰러져 깨어난 것은 왕자가 한 '키스' 때문이 아님을…

그 힘은 '사랑'이었기에 그토록 간직하고 싶은 믿음이 있었기에 가능한 일이다.

배우라는 존재는 사람들의 신뢰를 얻기 위해 연기에 부단히 쏟아

붓지만, 연기의 삶을 납득시킬 만큼 훌륭한 배우는 드물다.

사람들이 환호하고 열광하는 이유는 다채로워서가 아니라 불가사의한 생명력을 불어넣음으로써 삶과의 연장선에서 연기력으로 표출하여 자신의 본성을 깨닫게 해주기 때문이다.

역할 중, 나의 본성을 확인해 주는 건 '악마'라는 존재를 통해서 의식이 흐르는 것을 잡아내며 존재를 인식하게끔 하여 '악마가 되어서는 안 된다.'라는 사실이 아니라 어찌할지라도(그 어떤 진실이 숨어 있을지라도) 그 본성에서 헤어 나오게끔 해 주는 것이 '사랑'이었기 때문에 '그 상냥함'에서 선물을 되돌려 받을 수 있었던 것이었다.

삶은 자신의 본성대로 살 권리를 주장하도록 허용하고 주어진다.

하지만 한 가지 사실은 기억해야 한다.

우리 자신이 삶을 이끌어 가는 것이 아니라 삶이 그것을 허용하도록 이끌어진다.

○

소녀의 꿈

인간은 위엄을 지닌 존재로 이를 지켜 내기 위해 어떠한 존재가 되고자 한다.

이로 인해 욕망과 시기, 질투가 생겨나기도 하고 선함과 악함을 구분 짓기도 한다.

"소녀의 상징은 무엇이라 할 수 있을까?"라고 하면 나는 흔히 가냘프고 약한 듯 하면서도 보호 본능을 일으키고 자신만의 향기를 내뿜는 장미에 비유하고는 한다.

장미는 순수하다.

순수한 것은 영원하다.

이처럼 가질 수 없고 간직할 수 없는 것에 집착하고 소유하고 싶은 욕망으로부터 악함이 생겨난다.

이는 인류가 이 땅에 존재하기 이전부터 존재했고 이미 예고된 악덕에서 진화한 형태로 옳고 그름을 판가름할 수 없거나 하기 어려운 상황에서 판단력과 자제심을 상실한 이들이 무리를 지어 악습을 형성한다.

사랑의 미명으로 간함을 말할 때,

나는 깨닫는다.

소녀의 꿈이 사라짐을…

사랑이 간함을 말할 때,

나는 깨닫는다.

사랑이 아니었음을…

간함이 사랑을 말할 때,

나는 깨닫는다.

내가 없음을…

○

사랑

보이지 않는 선 속에 당신의 마음과 갈대의 관계가 보이나요?

사랑한다.   사랑하지 않는다.

아프다.   아프지 않다.

_<애증 관계 그래픽>

사랑하지 않음으로 소중함을 모르고
이루어지지 않는 것에 희망을 품어 아픈가요?

아니면

사랑하지 않음으로 아프지도 아니한가요?

사랑해서 아픔이라 함은 아프지 아니할 수도 있어요!

사랑해서 아픈 건
사랑하지 않음으로 인한 것일 수도 있어요!

사랑하기에 아프지 않은 건,
제대로 사랑하고 있는지 한번 물어보세요.

그래도 "사랑한다." 하는 것은

님의 사랑은 완성된 사랑이라 하겠습니다.

PART 5

○
어떤 하루

새로운 나, 새로운 오늘을 보내다.

오늘 나의 하루는 어땠을까?

내일 나의 하루를 어떻게 보낼 것인가에 대한 질문을 해 보기도 한다.

이전에 내 안의 감정들이 해소되거나 정리되지 않을 때는 거의 하루를 감정적인 소모로 자신과 싸우며 보내기도 했었다. 이에 대한 소모가 많아져 에너지를 고갈하면서 원기까지 상하게 되자 그 심각성을 알게 되었다.

지금 생각해 보면 사실 삶에 대해 온전히 알지 못해서였던 것 같다. 하루의 시간, 오늘이라는 선물을 충분히 만끽하기도 전에 하는 일에 대한 성과의 지표로만 가치 매김을 하면서 일상에서 벗어나고자 하는 욕망으로부터 하루가 빨리 지나가길, 단지 지금 힘든 이 시간이 무턱대고 빨리 지나가기를 바라는 마음에서 오늘 하루에 지나치게 의미를 부여하기도 했다. 하루에 대한 의미를 묻게 되면서부터, 성과보다는 어떤 하루였는지에 치중하게 되면서 자신이 세운 목표도 다시금 점검해 보는 시간도 가졌는데 코웃음이 절로 나오는 항목도 있었다. 지금 현실과 거리감이 너무나 컸기 때문이었다.

취직 생활을 하게 되면서 삶이 나의 방향과 비틀어져 있음을 발견한다. 모험 그 자체에서 오는 두려움보다, 내가 살 수 없는 경지에 오르자 그것은 비합리적인 것으로 되었고 목표는 그다지 중요하지 않았다. 주변의 경쟁 대상들이 샅샅이 자신을 밝히며, 학교에서와는 다른 차별을 사회 속에서 이룬 성과로 존재를 자리매김하는 것에서 몰려오는 나의 우울감과 떨어진 자신감으로 나를 다시 돌아보았다. 내가 인정하고 싶지 않은 것들, 받아들이지 못하는 것들로 그들은 성공했기에 그 점에서 나보다 낮다는 평가를 내릴 수는 있다는 생각이 들었다.

한편, 그들이 내게 보여 준 그것이 과연 무엇일까를 바라보게 되면서 덤덤해질 수 있었던 것 같다. 삶 자체, 모든 것이 들어 있다. 내가 이길 수 없는 존재와 싸우지 않는 이상 패배자가 될 수는 없지만 우열을 가리는 사회에서는 어떤 측면에서는 중요한 일이기도 하다.

달라진 지금의 내 모습도 처음엔 마냥 어색하기만 했다.

내가 자신을 비웃게 되는 격이 되었는데, 조화롭지 않은 세상과 사람들에 의하여 존재마저 내리 깎아 버리는 불쌍한 자기 모습이 비추어지기도 했다. 그래도 뿌듯한 것이라면, 내가 이루고 싶었던 한 가지를 해냈다는 것이었다. 모든 일이 시간이 필요하다는데, 어떤 의미에서인지 이젠 달리 이해할 수 있게 되었다.

사회주의 아래 상실했었던 개인주의도, 봉쇄적인 제도로 잃어버린 감성들도 시간이 지나 필요에 의해 가꾸어 가고 있다. 나 자신은 그 속에 하나의 선택으로, 부족한 한 개인으로, 또 타인으로 존재할 뿐이었다. 당시 몰려왔던 비난 속에, 내가 입었던 상처들은 시간이 지남에 따라 노력에 의해 극복되었고 나는 의지를 회복할 수 있게 되었다. 망연자실해서 끝이 보이지 않았던 이 싸움도, 지나고 보니 어느덧 끝이 보였다.

옳음이란 정확히 무엇인지를 알기 전까지는 부딪힐 수밖에 없다. 옳은 것 자체를 아는 행위란 그 속에서 녹아들어 배는 것이고 이는 경험과 학습을 겸비해야만 추출된 엑기스 같은 지혜에서 나오는 것이기 때문이었다.

나는 여러 경험과 도전을 해 보았다. 정작 자신에게 냉정하게 내던 지자면 사람들의 평가에 맞설 용기가 없었다. 그땐 마냥 사람들의 평가 속에 살고 사회 자체가 그러하기에 등한시할 수 없다고 여기게 되었는데 이는 사회와 교육이 주입한 하나의 결과뿐이었다는 걸 알게 되었다.

나 자신을 그 사람들의 평가에 내맡겨 짓밟히는 것으로, 나의 목소리는 시들어 가게 되었고 힘을 잃게 되었다. 사람들의 이해와 생각, 편견 모두 사실은 하나의 관점이고 판단일 뿐이다.

마치 역사가 그렇듯, 진실은 누구에게도 공개되는 것이 맞다.

세상이 감성을 무찌르듯, 감성이 이성을 무찌르듯, 그 속에 내가 속함의 이치는 변치 않는다.

바리스타를 그리며 시작하게 되었지만 현실은 내가 꿈꾼 것과는 거리가 멀었다. 월급도 적고 주변의 지지도 없고 사회도 사정을 봐주지 않았다. 처음 매니저와 했던 약속은 변질되어 기업에 대한 안 좋은 인상까지 남게 되었고, 사회에서 이룬 성과의 이면에 어떤 얘기가 섞여 있는지를 알게 되면서 나의 바람과 욕심은 차츰 가라앉게 되었다. 이 동안 나는 기본적인 샷에 대한 이해와 폼을 내는 기술만 터득할 수밖에 없었지만, 만족하고 그에 대한 가치를 느꼈다. 나의 이기적인 면모는 그들에게 자아 중심적으로 비추어질지는 몰라도, 그들이 내게 부여한 타당성이 바로 그 근거가 되기 때문에 그들이 나를 대하는 것이 합리적이지 않다는 것을 깨우쳐 주고 싶었지만 이는 변질되어 자신에게도 해를 끼치게 되었다.

처음 나는 사회의 부조리함에 억울해 했었다. 거기서 힘든 시간을 보낸 기억 때문에 힘들어 하다가 시간이 지나고 보니 하나의 선택이라는 생각이 들면서 닫혔던 마음을 조금씩 열어 갈 힘을 발견하게 되었다. 선함이든 악함이든 옳지 않음이나 확실치 않음을 말하고 행한 악덕은 바로 잘못을 저지르고 정의롭지 못한 그 자신이 되기 때문이었다.

이 깨달음을 완전히 이해하고 나니 하나의 인연을 맺음도 왜 소중한지를 알 수 있었다. 나의 선택에 맞물려 몰려오는 불안감으로 나는 아마 노력할 것이다. 처음 기회를 받아들이는 것에 내가 잘못된 선택을 했다고 자책하며 모두를 힘들게 하고 나 자신도 힘들어졌다는 생각만 했었다.

하지만 이는 내 뜻대로만 되는 것은 아니다.

나는 기회의 문이 열려 그 길을 걷게 되었을 뿐이고 이는 차츰 이후와 연결이 되어 순차적으로 자신과 주변이 결합되어 하나씩 일어나는 것일 뿐이었다. 감성형이고 소극적이고 내성적으로 타고난 내가 스스로 감정을 살피며 논리적인 사람이 되어 보려고 했다. 이성적으로 바라보는 점, 사실을 논리적으로 바라보는 것이 도움이 되었지만 그렇게 생각하는 내가 받아 들여지지 않았고 그게 나는 아직도 힘들다.

머리를 하면서 나보다 앞선 원장 언니와의 대화에서 나는 나의 행복을 위해 삶이 구성되어야 하는 것들을 하나씩 가꾸어 갈 필요성을 더 절실하게 느끼게 되었다. 단순한 것, 시작 하나가 중요하다는 점을 환기해 주는 걸까. 감정에 휘말리지 않는 연습마저도, 모두 깨달기 위한 과정일 뿐이었을까.

나이가 들면서 이 사실마저 처참하게 느껴지는 것이었다. 내가 가진 것은 부모님이 내게 부여한 것 이외에 아무것도 존재하지 않는다는 생각에 괜스레 이룬 것마저 싫어지는 것이었다. 그래서인지 나날이 무의미해지고 힘이 나지 않으며 슬픔에 빠지고 있던 찰나

지금의 내가 들어온다.

어제의 나는 오로지 어제만 존재한다. 오늘은 어제가 아니고 어제는 오늘이 내포되지 않는다. 그런 나는 또 어떤 모습이 될까 하는 바람들과 함께 기존과는 달리 목표가 새로워졌다.

삶이 그대를 속일지라도
오만이 그대의 눈을 가릴지라도
눈물이 앞을 가려 내다보지 못하게 할지라도
자만심에 빠져 자긍심이 변질될지라도
이것만 기억하리.
삶, 그 위로 자신이 걷고 있다는 것을…

하나의 마음에 하나의 이치를 심어 가꾸고 지혜에 능통한 사람이 되는 과정처럼, 삶을 넘어서는 제일 빠른 방법이란 부여한 의미와 세상 속에서 빠져나와 삶 자체를 바라보는 것이었다.

죽음, 편함 뒤에 주는 선물은 무엇이 되어야 할 것인지… 설사 그렇지 않더라도 나란 존재가 헛되지 않기 위해서 어떤 죽음을 맞이할 것인지에 비추어 본다면 솔직해져야 한다. 죽을 때 우리 모습은 아마 벌거벗은 나무와도 같을 것이다. 내가 꿈꾸는 것은 백일몽이 될 수도 있다.

내가 하루를 아끼지 못하고 그냥 흘려보낸 것 때문에…

삶이 순간에도 흐르는 것이라면, 오늘 하루는 나에게 어떤 것으로 충만해져야 하고 보내져야 하는지를 알려 주는 존재인 것 같다. 오늘 하루는 내가 새로운 삶을 경험할 수 있고 내가 다른 존재가 될 수도 있으며, 나에게 어떤 전환점을 주는 하루일 수도 내게 어떤 의미를 작용해 주는 하루가 될수도 있다. 그런 오늘이 쌓여 어제가 되어 무용지물이 되더라도, 쌓이고 쌓여 영혼 자체의 성숙함과 삶의 변화가 일어 삶을 이끌어 나아간다.

내가 이루고 싶은 것과 간절히 바라는 것을 가꾸어 가는 것으로 오늘을 보내는 것에만 만족할 것인가 아님 어떠한 하루가 되어 줄 것인가 하는 기대에 하루가 설레는 지금 이 시간도 하나의 과정인 것 같다. 삶은 생각보다 단순한 것으로 구성되어 있다. 금전이 주는 편리함과 사회적 위치 및 사람들의 평가에서 벗어나 하고 싶은 일과 이루고 싶은 것들로 이루어졌고 아우르는 주변과의 조화로움 그뿐이었고 일상에서의 소중함과 선물이 행복한 삶을 가꾸어 준다. 처음 이 모든 것이 낯설고 두려웠다.

이 모험이 내게 주는 결말이 어떠할지 또한 과연 내가 이끌어 가고 싶은 대로 이끌어 갈 수 있을지에 대한 고민들로 가득 차 현실을 마냥 비관적으로만 바라보다 달라지고자 하는 자신에게서 비롯되어 살아가는 용기를 얻기도 하였다.

삶은 생각처럼 결과가 나오지 않기도 하면서 재미를 덧붙인다. 불안감은 하루에서 시작되어 또 다른 하루를 보내게 한다.

그래서 나는 하루에 충실하고, 젊음을 내 안에 가두기로 했다.

참됨에서 나오는 기회에 미래에 대한 약속과 기대를 내걸며, 하루하루를 충만하게 초심을 잃지 않으며 가꾸어 가기로 했다. 그 결과가 어떠하든, 삶의 중심을 스스로 잡는 법을 배웠던 걸까. 주변의 안쓰러운 시선, 경쟁과 비교로 인한 좌절감, 현실감에 처한 어려움을 딛고 자기 삶을 위한 하루를 보내기로 하며 희망으로 가꾸기로 했다.

어떠한 하루가 나를 기다리고 있을런지…

나는 달라지고 있다.

일상을 소중하게, 하루를 충실하게
늘 자신에게 솔직하며 자만하지 않으며
제대로 하고 있지 않음을 스스로가 안다.
깨달음을 얻지 못하여도, 어떤 수확도 이루지 못했음에도

오늘 하루는 어떠한가.
나에게 오늘 하루 동안 행복은 얼마큼 머물렀는가.
자신을 아꼈는지를 스스로 물어보고
지혜로운 자가 되기 위하여, 영혼의 깊이를 다루며…

○
죽음

젊은 깃털들의 흩날림과 苦迹

오후가 되니 태양이 차츰 기울어졌다.
육안(六眼)*으로 지평선을 멀리 내다보면 그 지점이 끝이다.

동화에서 달의 궁전을 다루듯이 성인 만화에 나오는 서쪽의 나라가
대체로 이런 느낌일까…
교섭 시간이 길어지면서 무의식중에 男子라는 사실을 자주 잊어버
리고 가까워진 사실도 알아차리지 못할 때가 있었다. 이기적인 유
전자에서 인류의 문명을 분류해 놓은 듯하지만 실제로 아무런 작용
도 하지 않는다.

얼마나 충실해져 있는지에 따라 이상과 가까워지기도 하고 현실과

---

*   지혜, 안목, 지식, 경험, 육감, 촉감을 말한다. 육감은 생각, 느
     낌, 눈, 코, 입, 귀를 지칭한다.

멀리 떨어지기도 하면서 세상 관심사 안팎으로 무감각해지기도 한다.

우리가 함께한 시간과 세상은 거꾸로 흐르고 있다는 느낌을 종종 받고는 한다.

불만과 간헐적으로 터뜨리는 짜증도 왠지 이유 없이 찾아와 괴롭힐 때도 많았다고 한다.
삶 속에서 현실과 아픔을 직면하듯이 죽음도 마땅히 마주해야 하는 문제지만 실상 무엇이라 가정하거나 정의를 내리기 참 어려운 단어이다.

홍수에 비유하자면 바다는 강물을 감싸 안는 존재이다. 물은 차면 넘쳐도 물 따라 흐르는 게 제 이치지만 죽음에 직면했을 때의 얘기는 다르다. 원망하고 미워하는 존재가 인류라면 악은 본성과 마찬가지이다. 이윽고 나뭇가지를 희생하고 끝내 바다까지 집어삼켜 버리고 마는 특성은 저마다의 기질을 타고난다.

나는 유체 이탈을 해서 상황을 직면하고 몸을 살피고 있었다. '죽음'이란 관문에 서 있을 때는 감정을 통해서 분별이 가능하다. 바다의 위엄처럼 인간이란 존재는 자연 앞에서 그저 욕망의 대상에 불과하면서도 그것을 잘 모른다.

나와 친구는 간혹 젊은 세대의 틀에 갇혀 나오지 못하고 현실과 직면했을 때 자신만의 비밀스러운 얘기와 아픔까지도 감추고 날갯짓을 펼치지 못하는 현상에 경이한 반응을 보이기도 하면서 원인을 알아보려고 노력했다.

이는 새의 두려움과 도전 정신이 결여되어 있기 때문인가.

날갯짓은 깃털의 기호로 아직 그들이 머물렀었던 흔적으로 남아 있어 식별이 가능한 상태에 놓여 있다. 두려움과 불안은 생각보다 안전한 곳에 있다는 반증이었다. 문제는 아직 남아 있고 반복 속에서 새들이 날아감의 과정을 되풀이하여 해결을 본다. 질서는 발에 밟히고, 순서라기보다 섬의 주인을 겨냥하기 시작한다.

영광을 안은 채 얼마 지나지 않아 그곳은 종국에 황폐해지고 말았다.

더 이상의 날갯짓은 허용되지 않았고 새들의 떨림은 깃털로 남아 있게 되었다.

죽음은 언제라고 할 것 없이 어디서든지 때를 가리지 않고 찾아온다. 다만 그때, 기이한 변화를 놓고 무엇이라고 할 것인가 하는 질문 앞에 고개를 숙인다.

새는 날아갔다.

빠진 깃털 하나가 유일하게 그 몸이 남기고 간 흔적이었다.

이 경험은 내게는 삶과 죽음을 다시 질문하는 계기가 되어 새로운 출발을 하게 했다.

오늘 다시 태양이 떠오르는 모습을 바라보면서 이상향이 멀리 있다는 거리감을 느끼게 되었다.

삶과 죽음은 척도로 대략 1cm의 차이지만, 하늘과 땅이 벌어지는 위력을 지니고 있음을 다시금 깨달았다.

○

순회와 망령

배반과 충 사이의 간극이 애매모호해질 때 빚어지는 혼란과 거짓은 믿음의 파괴를 야기한다. 그로 인한 사태의 원인 규명을 세상은, 그리고 사람은 불분명하고 불투명한 어느 한 곳에 집중시키려 한다. 왜냐하면 사람마다 "내가 누구냐?"라고 하는 것은 명명(命名)한 이름으로 의해 인증된 것이 자신이라고 받아들이고 만들어 가기 때문이다.

어떠한 원인으로 인해 한쪽으로 매김함으로써 자신이 곧 세워진다는 것, 또한 그러므로 날 우위에 둔다는 것은 어쩌면 이러한 인간 본성이 선과 악의 축을 규명해 주는 듯한 경계를 그어 주어 이들 사이에 투쟁을 벌이게끔 하기도 한다.

다만 분명한 점은 선과 악이 아닌 그 자체의 이 둘 사이의 경계선 내지 이 둘 사이의 관계일 것이다. 악함으로 한 사람이 죄를 지었다 가정하여 그 사람이 곧 인생에서 징벌을 받게 되리라는 믿음이 과연 정당하고 합리적인 것인가?

불교에서의 연꽃은 더러운 속세에 물들지 아니하고 소위 청정함을 유지함으로써 정화(淨化) 상태에 다다름을 의미한다.

앞서 언급한 그 마음은 이미 물든 것으로 결코 서슴없이 '선(善)'하다고 할 수는 없을 것이다.

죄가 부메랑처럼 돌아오는 것이 아니라 사람들이 느끼는 양심의 가책으로 자신이 지은 죄에서 맴돌고 벗어나지 못한 상태인 채 가해진 벌(罰)에 대한 재차 왜곡된 해석으로 지은 죄를 부인하여 스스로 해를 가하는 것이다.

내가 본 것은 죄를 어찌 짓든 그 벌(罰)이 어떻게 주어지든 사람의 경향과 처단이었다. 어떠한 사람이 고귀한 영혼과 품성을 지녀 돌고 도는 그 자리에서 어떻게 혹은 얼마나 고되게 무엇을 해내느냐 마느냐가 아니라 자신을 정복(征服)하지 못한 채로 자아로 삼켜져 버린 채로 그대로 두어 망령의 길에 오르느냐 마느냐로 갈림길에 서서 서로 상극된 존재로 만들어 버리는 것이었다.

순회란 기회를 부여받기도 하지만 만약 그 순회 속에서 이치를 발견하지 못한다면 재차 반복되는 실수로 주어진 기회를 상실한 채 바라는 바와 점차 멀어짐을 느끼게 될 것이다. 하지만 만약 그 순회 속에서 진정한 나를 찾아 기회를 다잡고 한마음*으로 점진적으로 나아가다 나는 내가 될 수 있고 망령들과 차별화된 존재로 보람을 느끼고 그 사이에서의 애매모호함에서 벗어나 청량함의 상태에 이를 수 있다.

의심과 의혹의 다른 말은 곧 믿음의 부재이다.

무수한 망령 속에 한과 원망을 품은 자들이여, 그대의 마음을 보지 못하고 진실에 묻힌 채 눈물 먹은 지난날을 되뇌며 자신과 그 마음마저 잃어 가고 있는가.

하나의 인생 속에, 그 인생을 어떻게 사는지에 따라 인생의 주인이 되거나 타자의 노예가 되어 망령의 길에 오르게 된다.

이러한 망령들 간에는 이기심에 의해 서로를 끌고 당기는 힘이 존재하지만 그 힘은 곧 생존의 여부에 관한 것으로 희망이 곧 절망이 되는 순간 그들의 정신은 벌거벗은 것처럼 드러나 옳고 그름을 더

* 대정(大正) 결심(決心)

욱 극대화한다.

정당하지 못한 방법으로 하는 자신에 대한 합리화는 차츰 동정심도
상실한 채 오로지 공감(共感)만을 원하고 있지는 않은지 되돌아볼
시간이 필요하다.

나의 목소리:

사소함이 결국 행복이라는 부처님의 가르침은 마음의 모든 것을 내
려놓은 채 내 안 깊숙이 자리 잡은 나를 바라보고 그 깨달음을 영오
(領悟) 속에서 얻는 것에 있다. 현명한 자는 종교가 거짓임을 알고
무지한 자만이 자신의 믿음만을 고집해 괴로움에서 벗어나지 못한
다.

행복은 준비된 자에게 토닥거린다. 행복은 이상향에 도달하려는 것
이 아니라 순간 당신 옆에 머물고 있는 것이다. 세상은 마치 무엇에
의해 규정되고 어찌할 수 없는 존재이기도 하지만 그중 돌고 도는
인생살이일지라도 내가 특별한 존재가 되기에 무엇을 규명하고 철

학적인 체계를 세워 나가기보다 내려놓음으로 더불어 되찾는 그 평온한 영혼 속에서 잿더미처럼 쌓인 이물질들을 씻겨 보내어 정화 단계에 이르러 참된 마음을 다스리는 데 있었다.

모두가 서로 향하는 길이 다르고 각자 바라보는 것이 다르고 관점이 엇갈릴지라도 각각 자리 잡은 그 자리에서 주위를 맴돌며 이끌리는 현상 속에 어떤 태도로 어떤 자세로 행하느냐 하는 것은 곧 도덕성을, 그리고 내가 뜻하는 삶을 살게 해 준다는 공허한 마음과 헛된 믿음이었다.

○ 18가지 법칙

순리대로 술술 풀릴 18가지 법칙

생각에는 깊이를

말에는 무게를

행함에는 태도를

수행에는 비움을

실천에는 지혜를

참여에는 바름을

정의에는 진리를

사람에는 신뢰를

사귐에는 진솔함을

알아 감에는 노력을

우정에는 삶의 방향을

사랑에는 진실함을

학습에는 유지를

목표에는 의지를

긍정에는 가능성을

미래에는 희망을

삶에는 목적지의 설정을

마지막으로, 영혼에는 완성을 이루어 갈

일상의 소중함을.

PART 6

○
令愛

영애가 운다.
뒤돌아보지도 않고서
제자리에 앉아

엉- 엉- 운다.

그늘진 얼굴 사이로
일그러진 그 얼굴은 누구일까.
기다리는 사람은
옆에 있는데도
제자리도 알아보지 못한다.

오고 가도 말하는 사람은 없네.
오고 가도 누가 풀어줄꼬!!

○

자화상

나의 일기는 못생긴 자화상을 담고 있지만
결코 여성성을 버린 적은 없다.
나의 길처럼 명백하지만, 결말이 없는
구름 같은 꿈을 껴안은 자화상을 담고 있다.

일기에서 대부분 거짓말을 하고 있음을
발견하면서도 멈추지 못하는
인간의 특성상 지닌 관습은
이를 쉽게 포기하지 못하게 한다.

지금 나 자신을 발견하고 사랑하는 일이라면,
10년 후의 나와 훗날은 약속되는 걸까.

비록 일기가 목적에 의해서 쓰이지만

의도는 분명하다.

일기가 나에게 알려 주는

진실은 내가

그토록 간절히 원했던 무엇을 말하고자

용기로 다가가는 하나의 과정일 뿐이다.

이처럼 이성적이고 논리적이면서도

감정으로 대응하는

미숙한 나와 어린 마음

어느 한 국가와 黨에 구속받지 않고

내가 나의 색채를 가꾸었을 때

편승하는 쪽으로 기울어지지 않기 위하여

타인과 이웃의 목소리와 감각까지도 적게 되었다.

理性을 처음 이해하게 되었을 때와 달리
성숙한 지금 나의 모습은
단지, 진실을 말하기 위함에 멈추지 않는다.

일기는 복수하고 싶은 대상의
하나의 도구로 작용할 수 있지만,
열심히 사랑하게 하는 동력으로 작용하기도 하는
선택할 수 있는 場이 되기도 하기 때문이다.
나는 알고 있다.
일기의 완성이라 함은,
책임의 소지로 향하는
복합적인 행위임을.

○
악의 꽃

깨어 있는 우주와 세상 속에
나 홀로, 그대

고요한 숨소리가 들려주는 깊은 밤
바람에 날려 피는 꽃처럼

나, 그대와 나란히 앉아
기이한 아우라와 함께 들리는
신들의 춤추는 소리

첫사랑이란 誘惑의 美名은
누구를 담았는가.

초승달의 암호처럼,
나 그대 찾아오거든
선물과 함께 장미 한 송이를

그대에게 바치련다.

아아, 이루지 못한 사랑,

사랑,

사랑, 나의 사랑이여!

眞實하지 못한 사랑은

시들어 버린 장미처럼,

매혹적이지 않은 유혹처럼,

가시에 찔려도

아프지 않는 아픔이어라.

고백으로 보낸 편지에,

그대 첫사랑을 내게 묻는다면

장미 한 송이를 보내 주오!

부디,

유혹에 迷惑되지 않게 해 주소서!

PART 7

○

나의 고백

일기 쓰기로부터 나는 많은 것을 배웠다.
사람은 인생의 굴곡을 잘 넘겨야 하는 때가 있다.

인생은 마치 계곡의 흐르는 물과 같다.
계곡의 깊이 따라 길이 아무리 좁고 깊어도
물은 위에서 아래로 흐르는 자연처럼
의지 여부와 상관없이 삶은 흘러가고 인생은 만들어진다.

나의 생애는 평범한 일반인들과는 다르다.
평범한 인생은 아니어도 사람은 평범해지고 싶었다.
다시 말하면 편하고 싶었던 내가
나약한 목소리를 내는 것조차
허락되지 않았다.

특별함이 이상을 말해 줄 수 없을 때
어떤 계층에서든 그 위험은

상상할 수 없다.

어려서부터 나의 조건과 환경은 모든 걸 갖추었다.
고국을 위해서도 사람을 위해서도 아닌
진정한 나를 위한 일을 하고 싶었다.
그런 일이 모두에게 행운을 가져다주기를
바라면서 희망을 버리지는 않았다.

'빨갱이'와 '보수'는 그때마다 부르는 게
달랐지만 한결같이 행동하고 표현하려고 노력했다.
순간순간의 최선이
최소한 그 주변이 양심의 가책을
느끼게 해 줄 수 있는 수단이었기 때문이었다.

나의 인생에서 두 명의 스승님을 만났다.
이를 동지들보다 더 탐탁지 않게 여기는

사람들*을 네 유형으로 나누어 보았을 때
심리전은 심해져 극단에 도달하기도 했었다.
이 모든 걸 이기고도 어려움을 극복하면서
그런 내가 일기를 쓰는 그 목적은,
이러한 비합리적이고 비인륜적인 것을
배제하기 위함이었다.

외부적인 요소가 현실 상황에서
괴로움을 주기도 하지만,
고통은 그렇지 않다는 걸
자신이 너무나 잘 알고 있기 때문이었다.
한 사람의 죽음은 그런 나와 동지들과
강해져야만 하는 계기에서 약속으로
이어지기도 하였지만,
그런 나 자신도 용서하지는 못했다.

* 1. 내 것은 내 것이고 네 것은 네 것이라는 사람(일반적 유형),
  2. 내 것은 네 것이고 네 것은 내 것이라는 사람(특이한 유형),
  3. 내 것은 네 것이고 네 것은 네 것이라는 사람(정의파 유형),
  4. 내 것은 내 것이고 네 것도 내 것이라는 사람(악질적 유형)

오늘 그 자신을 돌아보며 반성하지만,
용납되어서는 안 된다는 점을
누구보다 명시하고 싶었다.

그런 내가 나로서……
죽음은 자연 같은 것이지만
운명은 아니란 점을 깨달았다.
운명에 희생되는 건 있어도

아이러니하게도,
소인과 도둑 및 큰 적이란 대상은
희생의 결과물로 아픔만 보여 줄 뿐,
그런 죽음은 보지 못했다.
그게 내가 목소리를 내는 이유이다.

내가 느끼는 자유와 책임은
섬김의 대상으로,
곧 행운으로 작용한다.
용기를 가지고 잘 살아 보고 싶은 욕구,
그 자체만으로 행복이란 사실을 잊어서는 안 된다.

나는 거짓말을 하지 않았다.

나의 고백은,

국가에 대한 것도

동지에 대한 것도 아니다.

고백을 통해서 남기고 싶은 건

그런 고백이

복수의 시작임을 적들에게

알리고 싶은 하나의 욕망에 불과하다.

이로써 동지들이 무사할 수만 있다면

가야 할 길이 순탄해질 수만 있다면

거짓 또한 작용할 수 없지 않을까

하는 헛된 믿음 때문이다.

이런 고백이 두려운 일이 아니란 사실을

나로부터 널리 알려,

평화로운 세상을 도모해 보련다!

비록 고백이 이루어지지는 않아도

진정 내가 하고 싶은 말을

독자 여러분이 읽어 내어

깨닫기를 바라면서

오늘날의 부끄러움을 가지고

그들과 함께해 나가기를 약속합니다.

모두가 삶의 희망을 잃지 않기를 빌며…

○
마지막 일기

올 한 해도 저물어 간다.
이런 게 한 해인가 싶을 정도로 짧은 걸 살면서 왜 몰랐을까.

그대가 몇십 년대를 그리던 그건 꿈속에 있는 것과 같다. 내가 돌아가 보았던 시대는 마음이 기다리고 있는 곳에 자아를 떠올리게 하는 한 여자를 만나게 되었다.

그곳은 어린 시절 내가 있었던 곳과 마찬가지로 인기척이 하나 없고 삶과의 싸움에서 더욱 소중한 자신을 잃기도 하지만 각각 자신의 소중한 걸 간직하고 믿음을 가지는 존재들로 가득 차 있었다.

재회하여 나눈 이야기는 누군가의 가슴에 남기고 갈 중요한 단서가 되면서 또한 그토록 밝혀내고 싶은 것이 무엇인지 말해 준다.

세월 앞에 달라져 보이지 않았지만 세월 속에 잊혔던 아픔은 다시 일어나는 듯 싶었고 그런 삶은 누구에게로 돌아가는지를 생생하게 꿈속에서 그려 주었다. 기다림은 무심코 한 사람을 저버리지는 않는다.

억울함과 슬픔, 어떤 호소도 그를 기다리고 있지 않음을 알았을 때 위안과 진실함을 선물한다. 그런 그림자처럼, 마음에 비친 자아인 것처럼 내가 될 수도 있는 것과는 달리 이야기와 이별하면서 축복을 받았다.

삶이 길다고 했던가.

나를 통해 본 삶은, 삶을 깨달아야 하는 존재임을 알려 준다. 아무 것도 없는 나, 남겨진 것은 오로지 그 몫을 결정짓는다 함은 세월에 결코 무릎 꿇지 않도록 다짐하게끔 만든다.

크리스마스 선물을 기적도 없이 하나님 아버지로부터 약속이듯 먼저 받았다. 성장한 이후에도 삶에 필요한 살아가는 법을 배워야 하는 것이 참 아이러니하기도 하지만 나는 아버지와의 관계 속에서 삶이 말하는 것과 사랑을 말하는 법을 배워야만 했다.

그럼에도 허락되지 않았을 때 원망과 미움은 자라고 있었지만 마음이 머무는 곳에 평온이 자리 잡고 있으면서 지나간 상처는 언젠가는 아무는 것이었다. 다만 그때가 없다는 것만이 삶이 내게 준 敎訓이었다.

기도

주님이시여, 사랑하는 나의 사람을 자유로이 대하여 주소서.
삶의 억울한 흔적을 모조리 씻어 주시고,
깨끗하고 맑은 마음으로 새로운 삶을 영위하도록
새 땅을 저희에게 허락하여 주시옵소서.

부디 하나님의 뜻과 믿음에 應답을 주시고,
신의 계시와 福音을 행하기에 부족 없이 길을
열어 주십시오.

                                                        _아멘.

○
편지

친애하는 독자들에게,

수많은 경험이 선택은 누구의 올바름에서 나오거나 사실 그 자체로 나쁘다고 할 수 있는 것이 아니라고 내게 말한다. 다만, 마음이 그나마 安慰를 얻고 상대를 품을 수 있도록 심는 일 자체, 그 대가는 각오해야만 한다는 값진 선물과 이상을 데려다준다.

연애하면서 참 좋았던 일 중 '그 사람'을 지켜보면 희한하게도 그 사람과 함께할 삶이 그려진다. 연애는 감각을 먹고 산다. 감각은 효소에 비유하자면 발효 대상의 먹잇감인 셈이다. 의무성을 지니기도 하면서 작용하는 의미와 제 역할로 감정의 책임감을 부여받는다.

* 마이크로소프트의 경영 이념과 실천 방식으로 발명된 엑셀 프로그램이다. 연상법을 이용해서 해석하기 바란다.

내가 경험했던 바에 의하면 연애의 '끝'은 맛보기 전까지는 고되고 씁쓸함이 곁들여진 육체와 이탈할 수 없는 감정 노동이다.

'매혹'이란 단어는 무엇을 수식하기 위함인가 하는 질문을 생각해 본다면 한 사람을 무엇이라고 형언할 수 없는 것의 정체성에 대하여서는 묻지 않는 선택을 한다. 영혼을 깨닫는 일은 나를 이해하는 일보다 고독을 절감하고 즐기는 일과도 같다는 것을 누구보다 사랑해 주고 아껴 주는 사람과 독자에게 말하고 싶었다.

이루지 못하거나 어쩌면 이룰 수 없는 사랑과 현실과의 싸움에서 크게 벌이거나 승부를 내거는 방식보다 대화를 많이 주고받았다. 현실에서의 어려움은 다들 고민하는 이상과의 거리감이나 차이에서 빚어내는 건 아니었고 현상에서 지나친 환상에 빠지지 않도록 부단히 나를 깨우는 일밖에 없었다. 때론 기대에 못 미치거나 할 때도 있었지만 바람과 동떨어진 현실과 마주했을 때의 심정은 그야말로 질식 상태와도 같은 것이었다.

이로 인해 낙마와 같은 하강 운세에 타락되지 않고 삶에 여전한 애정을 느낄 수만 있다면 무기력함도 가끔 휴식에 필요한 요소로 작용하여 삶의 무게를 덜어 주기도 한다.

"친애하는 독자들이여, 당신들은 현재 어떤 삶을 누리고 있고 만족스러운 삶을 선택하여 잘 살아가고 있는가."라는 것에 대해 나는 용기, 잃지 말아야 할 이유를 나란 사람과 《고백록》을 통해서 전하고 싶었다. 진정한 삶과 만족을 느낄 수 있는 행복을 찾아서 복잡하고 구부러진 길보다 어긋나고 엉킨 인연에서 온다는 사실은 변치 않음의 자연의 이치와도 같은 것이라는 것을 알려 주고 싶었다.

좋은 삶, 살아가는 용기가 사라졌을 때 그대를 움직이게 하는 힘, 그때도 과연 그렇겠는가.
마음의 끌림은 자기장과도 같아 발생하는 그 영역은 하나의 힘의 단위로 암묵적으로 말을 할수 있는 것으로 단순하지만 넘어설 수 없게 하는 위력을 발휘하기도 한다.

모든 걸 잃었다고 가정해 보았을 때, 내게 남는 것은 무엇일까 하는 질문과 걱정들이 생겨났다.

질병에 걸려 침대에 누워 있으면서 주고받은 대화와 착각이 어디서 오는 걸까 하는 여러 온전치 못한 목소리에서 세계가 주어진다는 전제 조건보다 심리에서 본 거울의 모습과 같은 것이다. 그 얼굴의 형상이 무엇으로 말할 수 있는지는 본인들만의 수수께끼와도 같은 것이라고 말하고 싶었다.

심지어 내가 죽었을 때, 어떤 한 사람이 기억해 주고 아파해 줄 것인가 하는 질문에 스스로 객관적인 답을 내리면서 냉철하게 현실 세계에서 일어나는 일들을 반기게 되었다. 세상은 원래 누구의 것으로 소유하거나 독점할 수 있는 존재가 아니라는 것을 깨달았기 때문이었다.

하지만 세상과 세계 속에 내가 이루는 세계는 단 하나의 순수한 존재로 많은 것을 품어 주는 평온을 느끼기에 부족함이 없고 행성의 생성 원리처럼 영향력을 행사할 수 있기 때문이었다. 어두움이 곧장 떠나지 않고 가까이 있다고 할지언정 나는 더는 두렵지 않았다.

유일한 빛은 희망을 쫓거나 누군가를 희생하는 일이 아니라 찾아가는 일이란 걸 알고 타인의 삶도 이해하기 시작했기에 잃어버린 시간은 더 이상 아깝지 않게 되었다. 그리고 그러한 일은 현생에서도 반기지 아니하는 자질구레함을 데리고 오기 마련이기에 나는 신랄하게 비판하고 그들을 풍자하기도 했다.

또한, 그런 일은 결코 위대함을 말할 수는 없다는 것을 얘기보다 위안을 받지 못하는 삶과 영혼들에게 자비로움을 심어 주는 일이 필요하다고 명시하고 싶었다. 나의 독자 여러분, 깊이 반성하고 사과를 하는 일도 아주 오랜 시간이 걸린다고 말하고 싶었다.

지나치게 화려한 삶이 아닌 삶의 의미를 깨닫는 세상의 중심에서 용기를 잃지 않고 살아가는 일이야말로 잘 살아가는 것이라는 점을 공유하고 싶어 서론에서 차마 내지 못한 목소리와 메시지를 편지로 남긴다.

좋은 삶,

살아온 인생과 나를 아는 것이다.

당신의 삶에서 가치로 삼는 것은 무엇인가.

그것은 당신 그 자신이 아니라 인생이 된다.

삶의 질은 인생에서 경험하는 데서 얻는 허영심을

내버려 두지 않고 '나'를 깨닫는 일이며

이 생, 저 생이 아닌 또한

그런 '나'를 찾아 헤매는 행위도 아닌

꼭 함께하고 싶은 사람과 나누는 행복에서,

'나'라는 자존감을 지켜 가며

서로를 사랑하는 일이다.